AGATHE PORTAIL

LES ÂMES TORRENTIELLES

roman

BABEL

LES ÂMES TORRENTIELLES

DU MÊME AUTEUR

L'ANNÉE DU GEL, Calmann-Lévy, 2020 ; J'ai Lu n° 13354.
PIQÛRES DE RAPPEL, Calmann-Lévy ; J'ai Lu n° 13718.
DE LA MÊME VEINE, Calmann-Lévy, 2022 ; Babel n° 14031.
LES ÂMES TORRENTIELLES, Actes Sud, 2023 ; Babel n° 2004.
FENDRE L'AZUR, Actes Sud, 2025.

ISBN 978-2-330-20261-3

à mon mari et mes enfants

LUNDI

20 AVRIL 2015

Accroupi près d'une fente dans la roche d'où jaillit un filet d'eau, Danilo s'applique à mouiller sa pierre à aiguiser. Pour y remplir un seau, il faut s'armer d'une timbale et d'un peu de patience car l'eau ensuite se perd dans les cailloux. Patience dont il ne manque pas. C'est ici qu'il vient aiguiser son *facón**, pour que la pierre soit rincée en permanence.

Quand il a besoin de plus, pour un bain, pour faire boire la mule ou remplir l'abreuvoir des chiens, il descend dans le creux où se rejoignent les sources pour former le début du *río* Azul. Là-bas le débit est beaucoup plus important et la difficulté majeure consiste à rapporter l'eau en quantité jusqu'au *puesto*, cette cabane d'estive dans laquelle il passe six à sept mois par an, seul et heureux de l'être. Ça le change de son herbage d'hiver, une bicoque en dur à soixante kilomètres de là dans la vallée, où il se sent sans cesse dérangé par le passage des touristes de plus en plus nombreux.

Pour le moment, la lumière crue d'avril lui fait plisser le nez tandis qu'il passe sa lame sans hâte

* Couteau argentin des *gauchos*, éleveurs indépendants de l'Argentine, du Chili et de l'Uruguay. *(Toutes les notes sont de l'auteure.)*

d'un côté, puis de l'autre, caressant la pierre mouillée jusqu'à sentir dans son poignet que le fil de son couteau est arrivé au maximum de son tranchant. Il éprouve la lame sur l'extrémité de sa moustache, à l'aveugle. Ça coupe net. Il faudra qu'il égalise en s'observant dans le carreau de sa fenêtre.

La matinée est calme, les juments et leurs poulains broutent en silence sur le versant nord du mont Pewen et le soleil du matin leur fait une ombre à longues jambes. Dans son dos, les pics de la Cordillère pointent comme un collier de dents et font sembler minuscule le mont Pewen qui culmine pourtant à mille trois cent cinquante mètres. Le vent fait onduler l'herbe haute et l'ombre des nuages court d'un bout à l'autre de l'immense plateau d'altitude dont il connaît chaque trou, chaque pierre et chaque buisson piquant de *calafate*.

Le bruit lointain d'un caillou qui roule lui fait tourner la tête vers le sentier étroit qui monte du fond des gorges jusqu'à son plateau d'estive. Il ne voit encore personne mais un nuage de poussière blonde s'élève au ras du feuillage gris des *chacays*.

Une visite.

Le couteau une fois essuyé et rangé dans son étui, Danilo se concentre sur le son qui lui parvient au gré d'un vent qui souffle par à-coups. Un cheval de contremaître ou d'*estanciero** produit un son clair et métallique, les fers font voler les cailloux et le pas est sûr. Celui dont le sabot traîne et bute sur la piste avec un bruit mat appartient à un *gaucho* obtus qui

* Propriétaire d'une *estancia*, vaste domaine agricole de plusieurs milliers d'hectares dédié le plus souvent à l'élevage en Patagonie : vaches Hereford ou moutons à l'extrême Sud.

économise le foin et charge trop sa bête. Lorsque le nuage est assez proche, il a son idée. Un ouvrier agricole, un *peón*, dont le cheval sans fers pose le pied avec précaution pour ne pas s'entailler la fourchette. Cheval fourbu, qui marche depuis un trop long moment. Danilo n'attend personne mais se lève sans hâte. Il est temps de mettre l'eau sur le feu.

D'un large pas, il enjambe le chien qui prend ses aises devant la porte de sa cabane. Dans la pénombre de l'unique pièce, il essuie d'un revers de manche le bombé de la bouilloire pour le faire luire, la pose sur la fonte brûlante de la cuisinière et ne sort que lorsque son visiteur siffle les chiens qui accourent en jappant. En le reconnaissant, Danilo sourit, découvrant huit dents éblouissantes. Une prémolaire manque de chaque côté, on pourrait glisser un mors en travers de sa mâchoire. Le cavalier s'arrête devant l'auvent. Cela fait tant d'années que son fils n'a pas mis les pieds au *puesto*… Danilo ne parvient même pas à les compter, alors il sourit plus largement encore.

— J'ai soif, annonce Eliseo, gris de la poussière du chemin.

— Tu as changé de cheval.

— Ce n'est pas à moi. Tu as du fil et une aiguille ?

D'une étreinte maladroite, Danilo serre contre lui son fils aîné et lui arrache une grimace de douleur.

— Sale mine, fils. Des soucis ?

— Fais-moi entrer, j'aime autant ne pas rester au soleil.

Eliseo se passe la langue sur la croûte de poussière qui lui couvre les lèvres et crache. Il garde dans tout le corps le balancement du pas fatigué de son cheval et Danilo sait que le sol lui semble bizarrement mou. Il connaît cette sensation de la terre qui ondule sous la semelle d'une drôle de manière. Ça donne le vertige, parfois.

Tout à coup, comme le chargement mal arrimé sur le dos d'une mule, Eliseo s'effondre sans bruit. Il s'étale de tout son long dans la poussière et les herbes jaunes.

Après s'être assuré que son fils respire normalement ou à peu près, Danilo lui tâte le front qu'il trouve chaud, passe la main sous la polaire brune et sent contre sa paume la toile humide de la chemise, poisseuse de sang coagulé à l'endroit du flanc. Le tissu colle à la peau. Il retire sa main.

Laissant Eliseo allongé, il va chercher le seau d'eau du matin, attrape sur le dossier de sa chaise un lambeau de tissu qui sert à tout et revient humecter le front de son fils inconscient. La jument plonge aussitôt la tête dans le seau jusqu'aux yeux et boit à longs traits. La fraîcheur du tissu laisse sur le front du cavalier de larges traces pâles, trop pâles pour la peau d'un type qui passe l'été à conduire les touristes jusqu'aux refuges d'altitude et le reste du temps à décharger les pierres à sel, recreuser les canaux d'irrigation à travers la luzerne et vérifier les clôtures. Il faut quelques minutes pour qu'Eliseo revienne à lui et soulève une paupière. Il dégage une odeur de nécrose et le cerne brun qui lui enserre l'orbite ne dit rien qui vaille à Danilo.

— Tu peux te lever ?

— Je crois.

Une fois sur ses jambes, Eliseo trouve un équilibre vacillant et Danilo le prend aussitôt sous l'aisselle pour le conduire à l'intérieur où il l'étend sur le lit étroit qu'il a bricolé face à la fenêtre et qui lui sert à la fois de banc pour dîner le soir et de couche pour la nuit.

— Retire ta chemise. L'eau est chaude.

Sans hâter son geste, Danilo jette au fond de la gourde une pincée d'herbe qu'il laisse s'imbiber d'eau, juste le temps nécessaire. Il aspire deux longs traits qu'il crache dehors par-dessus le chien avant de tendre le maté et la *bombilla* rincée à son fils.

À demi relevé sur un coude, la chemise déboutonnée jusqu'au nombril, Eliseo boit jusqu'au bout. Danilo lui trouve le regard opaque. L'endroit où le sang a durci le tissu reste plaqué contre la peau et Danilo sait qu'il faudra faire fondre la croûte à l'eau tiède jusqu'à pouvoir dégager la plaie.

— Ça date de quand ?

— Avant-hier, dans la nuit.

— Et personne n'a pu te soigner sur place ?

Les paupières mi-closes d'Eliseo lui offrent une forme de réponse.

Pour que son aîné se fende d'une visite, il faut que le problème en vaille la peine.

Comme il faut meubler le silence, Danilo déplie l'antenne de sa petite radio de bakélite noire. Il tourne le bouton et cherche à tâtons la meilleure position pour que le son sorte clair. C'est l'heure des annonces.

Radio Bolsón 213

C'est Romeo avec vous aujourd'hui, heureux de vous retrouver pour les annonces, de 13 h 30 à 14 h 30. Je passe avec vous une heure pour faire circuler vos messages à travers le campo*, *d'El Bolsón à Esquel. On transmet les messages reçus ce matin. Si vous en émettez*

* La campagne au sens sud-américain, soit l'espace immense où s'incarne le mode de vie rural.

d'autres avant 14 heures, je pourrai les lire aujourd'hui, sinon ça passera demain matin, comme d'habitude.

"Ramira et Stefano souhaitent un joyeux anniversaire à leur ami de Cholila qu'ils verront au Jour de la Patrie. Qu'il leur amène sa fiancée, ils ont hâte de la rencontrer."

*"Pour Paulo, de l'*estancia *Mariposa : tu peux t'arrêter demain chez el Flacucho, l'enclos est réparé et il t'attend pour dîner. Si la mule de bât est fatiguée, il peut te l'échanger."*

*"À Danilo du mont Pewen : l'*estancia *Hued Hued t'envoie demain le convoyeur pour l'*arreo*. *Il sera là vers 14 heures. Le contremaître te souhaite une bonne route, essayez d'arriver avant le changement de vent, on prévoit des paquets d'eau à la fin de la semaine."*

* Transhumance et, plus largement, convoi de chevaux ou de bétail à pied.

MARDI

21 AVRIL 2015

1

Sur le lit, Eliseo somnole et marmonne de temps en temps une suite de mots mâchés que la fièvre rend incompréhensibles. Danilo tente de ne pas faire de bruit en remplissant ses sacoches. Le convoyeur doit arriver dans l'après-midi et il ne veut pas le faire attendre. L'idée de laisser Eliseo seul l'inquiète. La plaie cicatrise mal et sent fort. Il l'a désinfectée la veille et deux fois le matin, mais les points de suture se réengluent d'un pus visqueux en quelques minutes. Le bourrelet de chair ne désenfle pas et barre d'un épais trait violacé le côté d'Eliseo, du téton jusqu'au flanc.

Il n'a pas été simple de le recoudre. Entre ses doigts épatés, l'aiguille semblait minuscule, mais il tirait le fil avec délicatesse, en dépit de ses ongles rabougris et de ses crevasses brunes. Les bords de la coupure s'étaient ramollis et parfois le fil déchirait la peau devenue translucide.

Quand son fils émerge en milieu de matinée, Danilo s'assied sur le côté du lit.

— À mon avis, il faut te piquer. Ta fièvre revient toujours et monte de plus en plus haut. Moi je pars tout à l'heure, je ne te laisse pas comme ça.

— Alors pique, pique. Tu reviens quand ?

Sans répondre, Danilo se lève et cherche sur l'étagère la boîte métallique dans laquelle il garde son passeport et les flacons d'antibiotiques. Il déchire le sachet qui contient la seringue, agite le flacon et perce le couvercle de caoutchouc.

— Je ne reviens pas. L'*estancia* qui m'achète les chevaux m'embauche pour les dresser. Ils ont une écurie de chevaux de polo qui exporte en Europe. Mon étalon est leur meilleur reproducteur depuis des années, ils m'envoient toutes leurs juments. C'est un bel endroit. Le contremaître me plaît. J'y serai bien.

Eliseo garde les yeux fermés pour ne pas voir l'aiguille qui plonge au creux de son bras. Il a les paupières mauves bordées de rouge et Danilo pense un instant qu'il a perdu conscience, mais son fils ouvre la bouche et dit :

— Alors, la vie de *gaucho*, c'est fini ? Tu vas faire la queue devant le bureau du contremaître pour toucher la paie, comme n'importe quel *peón* ?

— C'est le cours des choses. J'espère qu'on me confiera un *puesto* avant que je ne sois trop vieux. Quand j'aurai gagné leur confiance. J'y resterai toute l'année, je pourrai toujours m'imaginer que je suis redevenu libre.

— Et en attendant, manger au coude à coude avec les Indiens, dormir dans un concert de ronflements ? Toi qui vis en ermite depuis quarante ans ?

Danilo hausse l'épaule. Il s'est fait une raison depuis longtemps, profite de chaque instant de sa liberté finissante pour respirer l'air de l'estive, se remplir l'œil d'espace, absorber les changements de lumière sur les pentes des monts. À quoi sert de s'insurger ? Depuis longtemps il sait que rien ne le protégera contre le rouleau compresseur des droits de propriété officiels. Les terres de l'État qu'il occupe après son père pour y faire naître et grossir moutons et chevaux lui ont appartenu de droit. Et ce droit lui a été ravi lorsqu'il a fallu établir quelque part ce projet pharaonique : un barrage dont les capacités de production doivent alimenter en électricité Esquel, San Carlos de Bariloche, San Martín de los Andes et même Neuquén. Que pèse un *gaucho* face au besoin de confort, de lumière, de chaleur, de loisirs de trois cent cinquante mille Argentins ? Il faut bien que les électeurs en aient pour leur bulletin.

Il a eu presque vingt-deux ans pour s'habituer à l'idée. Le temps hydroélectrique est plus long encore que celui du *campo*.

Il est resté jusqu'au dernier moment.

Il a fallu laisser les moutons partir à la tonte en sachant qu'ils ne reviendraient pas à l'estive, vendre les brebis en plein mois de décembre, pas encore grasses, avant que l'eau qui monte dans la vallée ne coupe toutes les voies de transhumance. Il lui reste son étalon, sa richesse, et six juments, trois hongres, une mule de bât et cinq poulains qu'il vient de vendre à l'*estancia* Hued Hued.

En réalité, il n'a même pas tenté de s'opposer au barrage, même quand le projet a déclenché une certaine résistance au tout début, notamment de l'autre côté du *río*, dans la communauté tehuelche qui vivait à une demi-journée de cheval. Une fois leur cacique* mort, tous ont accepté l'offre de relogement de la compagnie hydroélectrique. Leurs maisons sont vides

* Mot mapuche qui désigne le chef, traditionnellement chef de guerre.

depuis vingt ans, l'eau a déjà dû engloutir celles qui restaient debout.

Il préfère laisser l'histoire aller. De toute façon, il n'a jamais été question qu'Eliseo reprenne l'activité, il ne veut pas de la vie du *campo* et se donne du mal pour vivre du tourisme.

Eliseo inspire avec un bruit de vérin mal graissé et dit :

— Je vais passer au Chili, dans un jour ou deux. Me faire oublier un peu.

— On n'a jamais poursuivi quelqu'un pour un coup de couteau. D'autant que tu as pris ta part. C'est le jeu.

— C'est plus ennuyeux que ça.

Alerté par la voix contrainte de son fils, Danilo lève le regard et se passe le doigt sur la moustache avant de demander :

— Tu as fait un mort ?

— Je ne sais pas. Peut-être.

— Qui ?

— Justement. Pas quelqu'un d'ici, *che**, c'est tout le problème.

Eliseo soupire et laisse aller sa tête contre la cloison de planches.

— Tu sais comment c'est. Je suis allé aider à faire traverser les moutons de l'*estancia* Mariposa. Le *río* avait un peu grossi, ils perdaient du temps, les brebis avaient peur. Le soir on est allés à El Foyel, il y avait une fête et on avait bien besoin de se détendre. Tu imagines la suite.

— Le fils du Rabio ?

* Interjection sud-américaine, la traduction donnerait plus ou moins "Tiens !" ou "Eh !".

— C'est ça. On se chatouille, sans que ce soit trop méchant. C'est vrai qu'il a un beau geste. Mais passée une certaine heure et pas mal d'eau-de-vie, le geste est moins sûr et la lame plus méchante. Il m'a lardé sans remarquer que je ne portais pas de gilet. On était sortis dans la rue, il faisait noir. Ça m'a rendu agressif et j'allais le piquer sérieusement quand un type qui passait s'est interposé. Un de ces gars habillés de pied en cap en *gaucho*, plus vrai que vrai, et c'est lui qui a pris le coup. Un mauvais coup, sous la côte.

— Et ?

— Et je l'ai amené tout de suite chez Oliva. Elle l'a recousu et elle m'a dit qu'elle le gardait pour la fin de la nuit. Il commençait à avoir le teint jaune.

— Le foie, tu crois ?

Avec une grimace de douleur, Eliseo soulève son épaule dolente :

— Ça se peut.

— Et toi ? Pourquoi elle ne t'a pas soigné ?

— Je pensais que ce n'était pas grand-chose. Et surtout, quand le gars s'est mis à parler, j'ai compris que j'allais avoir des ennuis.

— Un étranger ?

— Voilà. *Che*, c'est pas de chance, j'aurais blessé Kiko au lieu de ce gars-là, on n'en parlait déjà plus.

— Tu veux que j'aille aux nouvelles en descendant ?

— Si tu peux.

Eliseo émet un rire éteint et conclut :

— Que je sache si je dois me faire chilien.

De l'index, Danilo se lisse la moustache, s'attarde sur le côté qu'il a taillé la veille en affûtant son couteau, puis il se lève et attrape sur la table la radio qui l'accompagne partout.

— Prends-la. Je te fais passer le message dès que je sais. À la *pulpería**, on saura me dire. Les touristes sont partis, pas sûr d'en trouver une ouverte avant Epuyén. Si tout va bien, j'y serai dans cinq jours. Quand un étranger prend un coup de couteau, ça fait parler.

Comme pour retenir un mot qu'il va regretter, Danilo ferme la bouche. Puis il surmonte sa répugnance à intervenir dans la vie des autres et murmure, comme à regret :

— Ne pars pas trop vite, il faudrait que tu sois un peu plus vaillant. Il a déjà neigé au passage de la frontière.

Dans l'unique tiroir de la table, Danilo pioche un cintre en métal déplié et replié au gré des besoins : faire sécher une chemise ou prolonger l'antenne de la radio. Après l'avoir roulé sur lui-même entre ses doigts durs, comme un tuyau d'arrosage, il le pose sur la couverture de laine.

— Je te laisse la radio. Avec l'antenne tu captes pas trop mal à l'intérieur.

— Tu me laisses un hongre ? Jamais la jument ne pourra me faire passer le col, elle est trop affaiblie.

— Pas sûr qu'elle soit assez vigoureuse pour descendre avec nous, elle a l'air épuisée.

— Tu la laisseras chez quelqu'un. Tes poulains ne vont pas marcher si vite.

— Je verrai. Dors un peu. Je dois rassembler le troupeau. Et ne bouge pas quand le convoyeur sera là, il ne faut pas qu'il te voie.

Quand le soleil est au zénith, il fait chaud comme en décembre. Les ondulations rousses du plateau

* Épicerie, traditionnellement située sur une concession minière.

* Vent qui dévale un relief.
< grec καταβασις = descendant

exhalent un arôme de graminées torréfiées. L'automne s'installe et fait mûrir le *campo*. Danilo cligne de l'œil et détache le cheval qu'il a sellé le matin. Les rênes graissées lui caressent le creux de la paume, elles ont tiédi au soleil et il en éprouve la souplesse en faisant des boucles autour de son pouce. Il estime à deux heures le temps qu'il lui faut pour rabattre les poulains et leurs mères dans l'enclos. Il les aperçoit brouter dans l'ombre d'un nuage qui passe, petites taches fauves au milieu des fétuques dorées qui suivent la courbe du vent. Derrière le volcan émoussé qu'il doit atteindre dans une heure, il voit se dessiner dans l'air vibrant de midi les pics enneigés de la Cordillère. Les flancs des monts qu'il connaît bien, leur pointe douce et l'ocre de leur pente font figure de vieillards avachis sous l'œil impitoyable des pointes acérées qui s'élèvent plus à l'ouest. Danilo aime, a toujours aimé ce contraste qui l'a conforté année après année dans l'idée qu'il bénéficiait de la terre la plus propice. Une terre nourricière, dorée et languide à l'abri des vents catabatiques* qui descendent avec une fureur imprévisible le long des glaciers bleus, quand l'air change.

Dès qu'il prend de la hauteur, il peut plonger l'œil dans le fond de la vallée, bien en dessous de son plateau d'estive. Chaque jour le paysage évolue. Un mamelon lui cache le barrage qui s'étire en courbe comme le dos d'une truite arc-en-ciel, mais il aperçoit en amont l'eau du *río* arrêtée dans sa course qui s'étend en largeur et baigne le fond de la vallée en contrebas pour former un lac d'altitude artificiel. La surface miroitante s'étale de jour en jour, lèche les parois rocheuses, engloutit buissons épineux et pierriers arides, efface dans un grand oubli les anciennes voies sur lesquelles il a tant fait courir ses bêtes. Il sait que l'eau monte aussi dans les replis invisibles, les brèches ouvertes entre deux monts, les cluses et les combes. On parle de mille deux cents hectares immergés, une surface qu'il se figure sans peine, et trouve finalement modeste. Il a parcouru bien plus pour retrouver ses bêtes semées sur le flanc des monts.

Il était *gaucho* et seigneur de la moitié de cet espace, et chaque jour, son ancien domaine se réduit. Il sent tout au fond de son estomac une petite tache d'amertume qu'il refuse de laisser s'étendre, se rappelle régulièrement qu'il ne s'est jamais fait porte-drapeau d'un mode de vie qu'il sait en marge de tout. Il accepte. Il apprécie même les quelques matés partagés avec les géologues puis le géomètre, puis les petits ingénieurs récemment arrivés pour surveiller la montée des eaux. Il sait ne pas être sauvage, ce n'est pas pour rien qu'on le surnomme el Manso*.

Dans son dos, le soleil chauffe la toile de son blouson violet et vert, un vêtement synthétique qui a le mérite de couper le vent et ne lui a pas coûté cher : la virgule qui souligne le Nike thermocollé sur la poitrine a la pointe en bas. Dès qu'il passe sous le vent, la toile claque, les juments lèvent la tête, leurs oreilles paraboliques pivotent et reconnaissent son pas. Il a emporté un seau dans lequel il agite une poignée d'avoine. Après des semaines de liberté elles ne le suivront pas jusqu'à l'enclos sans appât. Il a pris deux chiens, ceux qui savent maîtriser le mieux leur excitation à la vue des jambes graciles et nerveuses des poulains. Les joues creusées, il siffle et lance à droite,

* Le Tranquille, Le Résigné.

à gauche, quelques ordres brefs pour leur faire dessiner un demi-cercle large qui doit se rejoindre derrière le petit troupeau et faire descendre à ses chevaux la pente vers l'entrée du corral, un cercle de terre battue autour duquel il a monté des palissades d'arbres morts enchevêtrés qui ont blanchi sous le vent au point de ressembler à des carcasses. Les poulains se rapprochent des juments, le mouvement s'enclenche, un peu à contrecœur. L'herbe tiède a des attraits qu'il est difficile d'abandonner, même sous les aboiements de deux bâtards noir et blanc. Il serait plus facile d'attendre le convoyeur pour cadrer à deux le mouvement du groupe, mais Danilo met son orgueil à l'attendre chevaux prêts à partir, dociles et bien lustrés.

La mule près de la cabane attend son chargement. Elle agite la tête, comme si elle pressentait le foulard que Danilo va lui nouer autour des yeux pour la mener plus facilement. La piste qui serpente entre les *coirones,* ces touffes de fétuques dorés, se met à poudroyer à l'instant où il referme l'enclos, heureux de ne pas avoir eu à ruser ni à s'épuiser pour rabattre l'une ou l'autre des juments. Même l'étalon n'a pas renâclé. Tout est prêt.

À l'heure dite, le son lointain d'un moteur s'élève dans l'air tiède de l'après-midi. Danilo sort et s'affaire auprès de son cheval, il resserre la sous-ventrière qu'il a nouée un peu lâche pour laisser sa jument digérer en attendant l'heure du départ. Un quad s'approche jusqu'à une vingtaine de mètres de la cabane. Le conducteur coupe le moteur pour ne pas affoler les chevaux qui s'agitent dans le corral. Le passager descend d'un bond, détache la selle qu'il a nouée sur le capot. Les deux hommes s'étirent et s'époussettent les épaules du plat de la main. L'un et l'autre portent un foulard remonté au-dessus du nez, indispensable pour continuer à respirer à travers les fines particules soulevées par les roues.

Danilo s'essuie les mains sur la peau de mouton qui couvre sa selle et s'approche, inquiet tout à coup du problème qui se pose à lui : proposer un maté sans laisser voir Eliseo. Le passager retire alors son béret pour en chasser la poussière à grands coups contre le genou et c'est un choc : l'*estancia* Hued Hued lui a envoyé une femme. Une grande brune qui a tordu ses cheveux en un chignon serré et qui le salue d'un coup de menton en gardant les yeux baissés.

— Salut. Est-ce que tes poulains se portent bien ?

Un peu gauche, il ne donne pas l'accolade et se contente lui aussi d'un coup de menton, puis il se fait violence et avance la main pour ne pas démarrer sur un mauvais pied. L'employée de l'*estancia* lui empoigne vigoureusement les doigts, elle a la paume rêche et ne sourcille pas. Elle perçoit peut-être son malaise de se trouver face à une femme, mais dans ses yeux noirs, impossible de lire quoi que ce soit, la pupille est noyée dans l'iris et offre une surface d'onyx. Elle a les pommettes hautes et le front large. Qu'elle soit manifestement d'origine native ne l'émeut pas. La légende veut que, comme de nombreux *gauchos* "authentiques", Danilo soit le fruit du métissage très ancien des premiers Espagnols avec les natives. L'identité génétique des uns et des autres n'est pas un sujet d'intérêt pour lui. Il est du *campo*, elle aussi, ça suffit. Elle a la joue ronde encore mais elle porte déjà les mêmes pattes d'oie qu'Eliseo, qui lui courent loin sur la tempe. Dès qu'elle cesse de plisser les yeux, elle se défroisse et sa peau brunie se strie de lignes claires, là où le fond des rides ne voit presque jamais le soleil.

Deux plis d'amertume lui dessinent des parenthèses autour de la bouche, pourtant elle n'a pas tout à fait l'âge d'en avoir.

Tandis qu'il s'approche, il la surprend à détailler du regard la ligne des montagnes, le creux qui se remplit d'eau, elle se hisse comme pour apercevoir derrière les monts qui lui coupent la vue sur l'autre rive du *río*. Du bout du pied, elle fouille la terre séchée par les vents, elle se redresse et hume l'air. Elle est troublée, agitée d'une émotion qu'il n'arrive pas bien à expliquer. Il a l'impression qu'elle refait connaissance avec un lieu où elle est déjà venue. Mais lui ne l'a jamais vue ici, il s'en souviendrait.

— Moi c'est Alma. Et lui c'est Gerardo, il repart vite. Je connais les chevaux, ne sois pas inquiet.

— Je ne suis pas inquiet. Maté ?

— Si tu veux bien, *che*. La traversée du barrage n'a pas été agréable. Ça soufflait fort et la crête est étroite.

— J'apporte la bouilloire.

Alors que Gerardo tâte ses pneus, Danilo se glisse dans le *puesto*. La poitrine d'Eliseo se soulève sous la couverture à intervalles réguliers. Le sifflement de la bouilloire s'élève dans la cabane et ne le fait pas réagir. Danilo empoigne le sac plastique qui contient la *hierba*, saisit la poignée de la bouilloire à travers la manche de son blouson et sort retrouver Alma et Gerardo qui discutent de la bonne santé du troupeau, accoudés à la barrière qui ferme l'enclos.

Le trouble d'Alma semble avoir disparu. Danilo se dit qu'il a imaginé, qu'il a confondu les gestes de quelqu'un qui revient avec ceux de quelqu'un qui arrive. Mais tout de même, cette paupière basse, ce profil amer, il les connaît, c'est le visage qu'il prend quand il va rendre visite à son ex-femme en ville, c'est la tête du repenti qui a trop longtemps délaissé quelqu'un ou quelque chose. Elle a laissé un morceau d'âme ici ou pas loin, il en est presque sûr, mais il ne questionnera pas. Il s'en tiendra à ce qui le concerne. Alma se tourne vers lui et sa voix siffle, tranchante.

— La jument, là, l'alezane avec la bande blanche qui tire vers l'œil gauche, elle tient la tête basse. Elle est fatiguée ?

— Un peu. Ça ira quand même.

Hochant la tête en silence, Alma passe en revue les poulains, les hongres, et s'arrête un instant sur l'étalon qui fait plaisir à voir, avec sa robe luisante et ses sabots graissés. Le seul de ses chevaux pour lequel il conserve précieusement les papiers, gage de sa valeur de reproducteur. Elle ne commente pas davantage la fatigue de la jument, qui, Danilo le sait, est un vrai problème quand on prévoit un *arreo*. Il ne vient pas à l'idée d'un éleveur de critiquer la manière de faire d'un autre.

— On avait compté quinze chevaux, j'en vois seize ?

— Le brun à deux balzanes reste ici.

— Tu as un compagnon ?

— Quelqu'un doit passer le chercher.

Entre ses cils, Danilo perçoit le rapide coup d'œil d'Alma vers la porte du *puesto* qu'il a refermée derrière lui. Le chien couché en travers du seuil bâille, langue rose déroulée entre les crocs, comme pour faire barrage.

— Et tu es donc l'ouvrier de l'*estancia* Mariposa ?

Elle n'ignore pas qu'il est sans patron, on sait ces choses-là. Il sourit, simplement, et sans tiquer devant la provocation, répond :

— Je suis le *gaucho* de cette terre.

— Une terre qui prend l'eau, je vois.

— Elle n'a plus besoin qu'on la pâture, alors je pars.

Quand il le dit à haute voix, quelque chose le pince dans la poitrine. Il a quitté des dizaines de fois le *puesto*, toujours en sachant qu'il allait revenir. Cette fois-ci, dans les sacoches qui attendent au pied de la mule de bât, il a tout mis. Un gros ballot qu'il sanglera au-dessus des sacoches contient les vêtements, les couvertures, sauf celle qu'il laisse à Eliseo, et il a même emporté la photo de mariage qu'il a longtemps imaginé laisser là, sur le mur près de la fenêtre. Ne pas revenir, c'est aussi savoir qu'on ne laisse rien derrière soi. Tout suit, même ce dont on aimerait se délester en partant.

Les yeux mi-clos, il observe Alma. Ses rides précoces, cette incisive cassée qui lui donne l'air de quelqu'un qui a pris des coups et en a donné aussi. Dans le *campo*, les femmes ne sont ni tendres ni fragiles, mais celle-ci semble à la fois dure et brisée. Elle se tient le regard lointain, fixé sur quelque chose d'invisible au fond de la vallée immergée. Le front têtu qu'elle oppose au paysage fait craindre à Danilo quelques complications. S'apercevant qu'il la regarde, elle s'ébroue.

Le maté passe de main en main, la *bombilla* d'argent dressée vers celui qui approche sa bouche, semblable à un serpent sous le charme. On parle peu, Gerardo surveille la course du soleil, il compte arriver avant la nuit en ville où quelqu'un l'attend. Une certaine Antonia.

— Est-ce qu'on peut se mettre en route, *gaucho* ?

— Danilo. On m'appelle aussi el Manso.

— Manso… Puisse ton nom dire vrai. Je suis prête, si tu veux bien me montrer mon cheval. Pas ferré, je préfère, ça rend le pied glissant, tu sais bien.

2

Quand le réveil s'anime sur la table de nuit, Benoît DePretto n'a qu'une envie : plonger la tête sous l'oreiller et ne pas entendre ce vent inlassable qui fait bouger les carreaux. Le métier n'a pas que des avantages. Il repousse la couverture en jouant des pieds et se redresse péniblement. Les parties de poker qu'il dispute avec Sandra ne l'aident pas à garder le rythme. Plutôt que de se coucher à minuit passé, il préférerait regarder avec elle *Forrest Gump*, le seul film stocké sur son disque dur. Peut-être lui effleurer la main. Mais avec Sandra, on ne prend pas ce genre de risque, il l'a appris à ses dépens et se tient à distance depuis. Il la contemple de loin et ne la touche que la nuit, quand il rêvasse à ce qui pourrait advenir si seulement…

4 h 14, il enfile d'épaisses chaussettes, un jean, un pantalon de pluie, puis ses bottes tandis que l'eau commence à bouillir sur la plaque électrique. 4 h 22, il attrape les clés du poste central. L'Ingénieur tient à ce que tout soit verrouillé alors qu'il ne vient ici personne. 4 h 24, il verse l'eau bouillante dans sa Thermos, fourre deux grosses pincées d'herbe à maté au fond d'un sachet et récupère sa gourde et sa paille sur l'égouttoir. Dire qu'il pensait,

en faisant cet achat à l'aéroport d'El Calafate, qu'il ne s'en servirait jamais.

Dans l'obscurité la plus totale, comme chaque fois que les nuages masquent la lune, il referme la porte de la maison qu'il a baptisée "la bacraque". Le toit et les huisseries gémissent en continu sous les assauts du vent qui remonte de la vallée en chuintant dans les gorges du *río*. À chaque instant, on a l'impression que tout va s'écrouler. Il a fini par s'habituer. Les murs en tôle sont heureusement bien isolés et il a moins froid que Sandra dans sa maison de chef d'équipe un peu plus haut. L'un comme l'autre avait l'embarras du choix : toute une ville déserte, des centaines de maisons vides. Elle a voulu une maison avec baignoire, elle l'a eue, mais la façade arrière de la maison s'appuie contre la roche et la montagne suinte une eau glacée. Maintenant que l'automne est bien là, les nuits sont fraîches et elle dort dans un sac de couchage North Face avec sa couette par-dessus. Il l'a vue quand il n'arrivait pas à dormir et qu'il est monté dans l'obscurité, espérant la trouver éveillée et disposée à jouer aux cartes. Sa maison était plongée dans le noir, il n'a fait que mettre son nez au carreau, les mains en coques pour se protéger du reflet métallique de la lune. Et il l'a vue dormir, sous sa double épaisseur. Il l'a regardée, sans bouger. L'édredon qui se soulevait, s'abaissait au rythme des respirations. C'était joli. C'était tout ce qu'il avait le droit de prendre d'elle, alors il s'est enivré l'œil et il est resté jusqu'à ce que le froid du sol lui engourdisse les orteils. Il n'y avait rien de mal à ça. Ce ne sont pas les voisins qui risquent de le surprendre.

Ils sont tellement seuls, et le remplissage du barrage dure tellement longtemps. C'est leur première mise en eau à tous les deux et ils font des erreurs de débutants, comme choisir une maison à l'aveuglette dans le dédale des ruelles désertes, sans vérifier l'isolation ni l'état du matelas. Il y avait bien le quartier des cadres, plus proche du poste central, avec des maisons mieux équipées mais ils ont préféré l'un et l'autre un endroit hors de la vue de l'Ingénieur. Que chacun garde un peu d'intimité. Il y avait quelque chose de grisant dans cette enfilade de maisons vides. Sandra et lui s'étaient sentis euphoriques à l'idée de pouvoir ouvrir une maison au hasard et s'y installer. C'était comme se faire enfermer toute une nuit dans un grand magasin.

Maintenant qu'il a choisi une maison bien loin de l'Ingénieur, Benoît s'en mord les doigts. Une fois sa valise défaite, il a été écrasé par le sentiment de son insignifiance. Après deux jours de vent, il aurait tout donné pour vivre avec l'Ingénieur et Sandra, tous entassés dans la même pièce pour se serrer les coudes entre humains lâchés dans le grand vide patagon. Maintenant il compense comme il peut ce choix mal avisé en passant ses soirées dans le salon foutraque de Sandra, à jouer au poker en buvant un mauvais gin. Et en se promenant la nuit dans les rues désertes autour de la maison de Sandra. Il ne veut pas la regarder toutes les nuits. Il n'est pas détraqué.

Benoît songe à ce qu'il ferait différemment aujourd'hui en remontant la ruelle vide où virevolte un morceau de papier gras échappé d'une maison par une porte ou une fenêtre arrachée par le vent. Quel pays. Sous son pull marin, il grelotte, marche en rentrant la tête dans les épaules avec la crainte de se faire surprendre par un de ces chiens errants qui surgissent parfois au coin d'une maison. Ce sont eux les véritables maîtres de la ville, maintenant que tout le monde est parti. Dans son sac, la bouteille Thermos lui réchauffe le dos et valse d'une omoplate à l'autre tandis qu'il marche en cadence. Il dépasse le préfabriqué qui leur sert encore de terrain de squash, à l'occasion. Les promoteurs qui conçoivent la ville pour loger les ouvriers, contremaîtres, chefs d'équipes, géomètres, ingénieurs principaux et ingénieurs sous-fifres, comme Sandra et lui, préfèrent en général installer une piscine ou un court de tennis. Ça valorise un peu l'ensemble. Mais comme ici chacun savait que la ville se viderait aussitôt le chantier terminé et que personne ne s'y installerait ensuite, ils ont préféré les maisons en carton bouilli et les préfabriqués plutôt que d'investir démesurément. Certaines constructions, notamment le dortoir des terrassiers, se sont affaissées sur elles-mêmes dès le dernier ouvrier parti. Au moins "la bacraque" tient-elle encore sur ses quatre murs.

La masse rassurante du barrage se dessine par-delà les toits ondulés sur fond de ciel étoilé. Il se tient en majesté, à huit cent vingt mètres au-dessus du niveau de la mer, qui est bien loin. Il relie le versant nord de la Montagne sans nom et le versant sud du mont Ga'woi sur lequel la ville a été plantée. Une nouvelle étrangeté de conception : chacun sait que dans l'hémisphère sud, c'est l'exposition au nord qu'il faut préférer.

Chaque fois qu'il sort de la dernière rue et qu'il peut embrasser son barrage d'un seul coup d'œil, Benoît s'émeut. Est-ce l'arc délicat de sa voûte ou bien l'élégance de la coursive de quatre mètres de large qui couronne la crête, ou encore la conscience qu'il a des trois cent mille mètres cubes de béton spécifiquement conçu afin de limiter les pressions interstitielles pendant les séismes, qui le touche ? C'est peut-être le mélange de tous ces caractères techniques et esthétiques, qui font de cet ouvrage une pièce unique. Il s'en enorgueillit comme s'il l'avait conçu lui-même, lui qui ne supporte pas les éloges satisfaits que s'adresse l'Ingénieur. "Vingt-deux mètres d'épaisseur en pied, mon petit Benoît, vous auriez vu la toupie tourner sans relâche, c'était une mécanique céleste, mon petit Benoît." Il remonte le sentier qui mène au poste central, construit six mètres en contrebas du couronnement. Parfois il lui semble – et l'obscurité doit y avoir sa part – que le barrage bruit encore de toutes les vies, de toutes les émotions, de toutes les angoisses qui ont nourri sa construction. Elles sont coulées dans le béton et s'échappent de l'édifice comme s'il soupirait.

Benoît se sent comme la mère qui se lève pour nourrir et changer son nourrisson. Le barrage ne fait pas ses nuits. Toutes les six heures, il faut enregistrer les données produites par les piézomètres, extensomètres, volume d'eau relevé dans les drains des galeries supérieures, inférieures… Tout cela dans le but de s'assurer que le barrage se comporte normalement sous la pression de l'eau qui monte pour la première fois et le met en tension. Ils sont deux à se relayer, en l'absence de l'Ingénieur en chef : Sandra et lui, deux petits ingénieurs ravis de se voir confier la surveillance de la première mise en eau. Ravis, au début…

Arrière-petit-fils d'immigré italien arrivé en Belgique dans le cadre de l'accord-charbon de 1946, Benoît sourit aujourd'hui de faire sa vie dans l'hydroélectrique et de frayer avec des filles de cadres sup. Tout passe. Sauf ces géants de béton qui, quarante, soixante ans après leur édification, continuent à cracher leurs milliers de gigawattheures par an. Il est fier et ça lui fait un peu passer le cafard, surtout quand il entre dans la pièce des commandes tiédie par le ronron du générateur.

Il pose le trousseau sur la table qui sert de bureau à l'Ingénieur, quand il est là, et il observe, comme chaque fois qu'il vient faire les relevés seul, la photo encadrée qui leur sert à tous de point d'étape. C'est la fin du chantier, le moment où toute l'équipe qui a vécu en presque autarcie pendant des années s'apprête à se séparer. Ce moment où l'on a vissé une plaque de laiton en présence du ministre de l'Énergie, où la ville frémissante qui a senti pendant presque dix ans l'empanada, la sauce soja, le cassoulet, les épices, le thé au jasmin, le barbecue et le désodorisant Johnson s'est définitivement endormie. Il rapproche le cadre, étonné comme toujours par l'ondulation des visages qui semble faire de l'imposante silhouette de l'Ingénieur son épicentre. Il caresse du bout des doigts le visage souriant de cette géomètre brune qu'il n'a jamais croisée. Il est sûr qu'ils se seraient bien entendus. Il a beau avoir une conscience aiguë de son physique pas phénoménal, de son nez trop fort, de ses épaules tombantes et de son abdomen moelleux, il est à peu près certain que cette fille-là se serait attachée à autre chose. À son humour, à son empathie, à son imagination, pas courante chez un diplômé des Arts et Métiers, à sa culture encyclopédique du cinéma des années 1990-2010. Bref, il connaît ses atouts. Elle aurait ri, elle aurait su, elle aurait peut-être eu la patience. Sandra n'en a pas tellement, de la patience, songe

Benoît en décrochant un chronomètre. Dommage qu'il n'y ait qu'elle.

D'ailleurs au début, il a bien essayé de ne pas s'intéresser à cette fille dure et trop directe. Elle a attaqué d'entrée de jeu, juste après que l'Ingénieur les a présentés l'un à l'autre. "Va falloir t'astiquer sévère, mon gars, avec moi t'as aucune ouverture." Il a mis du temps à saisir et quand il a fini par comprendre qu'elle ne parlait pas de tâches ménagères, il est devenu cramoisi. Mais Benoît a facilement le cœur au bord de l'explosion et, c'est bien son problème, il ne sait pas vivre sans cette douloureuse extase. S'il n'aime pas follement, il est creux, vide, seul. Vertigineux désarroi. Il ne sait pas comment font les pondérés, les célibataires heureux, les autosuffisants.

Il fait nuit noire. Il allume l'ordinateur sur lequel il va devoir charger les données du barrage. Ses constantes vitales, en quelque sorte. Tandis que, dans le silence du bureau d'auscultation, l'écran s'allume et projette une lumière bleue sur le métal du bureau, Benoît se repasse les dernières données qu'il a relevées la veille. Le débit dans les drains augmente légèrement, dépasse d'un millimètre la projection établie par l'Ingénieur sur les graphiques d'évolution des constantes. Il sait bien que le moment de la mise en eau d'un barrage, même lorsqu'elle s'étire sur des semaines, est aussi le moment de l'humilité. Celui où les projections se voient un peu malmenées. C'est le jeu. Pour l'instant l'Ingénieur, qui reçoit tous les relevés, ne s'alarme pas. Il n'y a donc rien d'inquiétant.

Dans la poche du ciré jaune qu'il vient d'enfiler, sa main se referme sur une poignée d'emballages de barres protéinées pour trekkeurs égarés, les seuls trucs un peu sympas qu'il trouve facilement à la *pulpería* quand il y descend. Malheureusement il n'en a plus et se contente de faire crisser le papier argenté avec un peu d'agacement. Il n'en peut plus du régime maïs en boîte, *empanadas* ramollies et mouton, mouton, mouton, au gril, en ragoût, en escalope milanaise, au four, en cocotte, avec de l'ail, de l'oignon, de la tomate en conserve, du riz…

Seau en main, Benoît sort du bureau pour gagner la galerie supérieure et se berce de jolies projections avec la géomètre brune. Chez les DePretto on a gardé le sens de la dramaturgie à l'italienne. Il aime construire d'épiques histoires d'amour, souvent tragiques. Il s'en invente quelques débuts, quelques chutes, en descendant l'escalier de béton qui le mène aux tables de relevé des pendules. Parfois – ça lui est déjà arrivé par le passé –, il fabrique des souvenirs rêvés et collecte même des preuves. Rien de méchant : une écharpe parfumée, un livre et son marque-page, comme gages d'un amour partagé qu'il s'est plu à imaginer.

Les fils à plomb qui tombent du haut de la crête dans leur colonne creuse lui semblent avoir bougé un peu plus que prévu. Le barrage s'échine* sous la pression de l'eau qui monte dans le lac de retenue. C'est un processus qu'il sait délicat et bourré d'inconnues, mais là… Benoît se gratte l'arrière du crâne et se laisse surprendre par la texture de moquette de ses cheveux. Il n'aurait jamais dû laisser Sandra les

* Terme courant dans le domaine hydroélectrique qui désigne le mouvement au cours duquel la voûte du barrage (son échine, sa colonne vertébrale) se met en résistance contre la pression de l'eau et s'appuie sur les points d'ancrage.

lui raser en mars. Le mouvement naturel du barrage lui semble nettement s'écarter des courbes prévisionnelles que leur a laissées l'Ingénieur, celles qu'ils ont potassées pendant des heures, deux juniors émerveillés de lire sur les graphes et les schémas l'élasticité de ce colosse de béton qu'on croit rigide et statique.

Une fois les données soigneusement entrées dans le boîtier qu'ils appellent "le lecteur de carte bleue", Benoît descend dans la galerie inférieure, celle qui perce la base du barrage, à travers les vingt-deux mètres d'épaisseur de béton étirés sur cent quatre-vingt-dix mètres de long. Il renifle l'humidité ambiante, son seau au bout du bras dans lequel le boîtier bringuebale. Ça sent la glaise, la grotte, le souterrain. Il écoute l'eau circuler dans les drains invisibles dont il compte mesurer le débit, chronomètre en main. Le vent patagon ne parvient pas jusqu'ici et il goûte une forme de quiétude brumeuse. Les huit piézomètres insérés au niveau de la galerie inférieure montrent une pression cohérente. Le barrage a beau s'échiner un peu trop rapidement, la pression augmente sans hâte au plus profond de l'ouvrage.

Une fois qu'il a rempli son seau gradué, multiplié par quatre le volume collecté en quinze secondes et entré le total dans son truc à carte bleue, Benoît s'autorise un bâillement profond. Il est 5 h 15, il n'a plus qu'à connecter le boîtier à l'ordinateur et à laisser l'Ingénieur analyser les données, où qu'il se trouve. Cela fait quatre jours qu'il les a laissés avec Sandra. Ils ne s'en portent pas plus mal. Peut-être que ce surcroît de solitude déclenchera chez sa collègue un désir de rapprochement.

Pour le moment, tout va bien. Tant que l'eau monte lentement, tout va bien.

3

Le dos de Danilo, alors qu'il sangle la deuxième sous-ventrière de sa jument *pinto*, figure à Alma le mouvement des gros navires de pêche orange qui quittent le port avant l'aube. Gauche, droite, oscillations patientes qui ne se hâtent pas vers leur but. Ce type indéchiffrable ne lui plaît pas beaucoup. Elle en a croisé, des moustachus avenants, des qui sourient avec les yeux plissés, des hommes au béret inoffensif. Tous, ils semblent loyaux et fraternels jusqu'au moment où. Tandis qu'il fait les derniers allers-retours pour lester un demi-bidon qui sert d'abreuvoir, rentrer sous l'auvent une bûche pour qu'elle reste sèche, au cas où un *gaucho* de passage trouverait abri dans sa cabane vide, elle laisse son regard voleter d'un point à un autre. Le soleil n'est pas encore passé derrière le volcan émoussé qui s'élève à droite de la piste. Elle s'était armée pour encaisser le choc et finalement rien ne vient. Ce versant-ci du mont Pewen pourrait bien être n'importe où le long de la Cordillère, elle ne reconnaît rien. Elle n'a jamais vu le paysage sous cet angle-là. L'eau qui tapisse la vallée bouleverse les repères qu'elle a conservés pendant des années. Elle pensait retrouver quelque chose, le signe objectif qu'elle a niché ici, dans un repli de montagne invisible, mais elle ne se rappelle rien. Rien qui la raccroche à ce lieu, qui interrompe l'errance et le flottement. Elle est à la fois soulagée, elle a craint la violence du retour en arrière, et déçue. Elle pensait qu'un fil ténu la reliait encore au territoire, mais non. Rien. Son paysage à elle ne se dessine pas sur ce versant. Ce *río* qu'elle n'a jamais traversé sépare en deux mondes imperméables le côté du *gaucho* et l'autre rive. Maintenant qu'elle est tout près, elle a envie d'aller voir. Que reste-t-il ? Il existe une voie qui contourne la naissance du torrent, par le fond de la vallée, qui passe au pied des grandes montagnes. Elle saura bien pousser le *gaucho* à l'emprunter.

Le vent de fin d'après-midi se tient tranquille, et elle goûte le bonheur d'écouter sans effort : la source qui bruisse, les poules qui cloussent, le cheval qui passe le poids de son corps sur l'autre jambe. Elle lisse du plat de la main la toile épaisse de la *bombacha** qu'elle a enfilée par-dessus un legging fatigué mais bien utile pour ne pas avoir à se dénuder la nuit venue. Le hongre *criollo* que le *gaucho* lui a donné lui semble bon esprit. Il n'a pas tardé à se frotter le museau contre sa jambière, sans chercher à la chiquer. Elle continue à se méfier quand même.

— As-tu fini bientôt, el Manso ?

L'idée de marcher de nuit avec les poulains et la jument fatiguée ne l'enthousiasme pas, elle a hâte de prendre la piste.

— J'y suis presque. Je pense aux poules.

— Eh bien, le renard te bénira.

* Pantalon de toile large serré aux chevilles, utilisé par les *gauchos* en Argentine.

— Ça m'ennuie quand même. Je les prends, elles ne pèseront pas trop sur le dos de la mule.

— Elles non, mais ta cage, oui.

— Elle est en bambou, elle est aussi légère que la brise.

— Alors emporte-les, soupire Alma. Si elles ne pondent pas, on les plumera.

Elle l'observe peser le pour et le contre, puis longer le mur de sa cabane. Elle a beau s'être habituée à l'ascèse du *campo*, elle se demande encore comment font ces types, ces couples parfois, pour vivre ainsi, avec presque rien, dans un endroit à peine grand comme la cuisine d'un restaurant. Le poulailler est appuyé contre le mur ouest, grillagé au-dessus et en dessous pour empêcher les renards de s'y croire dans leur garde-manger. Danilo en sort sa cage, trois poules dodues se tassent dans un coin. Quand il referme derrière lui, une quatrième se presse contre le battant et pousse des cris affolés.

— Tu en laisses une au renard, finalement ?

— Mon ami sera bien heureux de la trouver.

— Celui pour qui tu laisses un hongre, hein, *che*. Je ne suis pas une *winka**.

El Manso ne répond rien, accroche comme il le peut la cage légère au sommet de la balle de couvertures en laine que la mule porte déjà par-dessus les sacoches. Les poules protestent vigoureusement et agitent avec fureur leurs ailes coupées. Si par miracle elles arrivent à pondre sur la route, Alma ne donne pas cher de l'œuf. Puisque Danilo ne semble pas

* Chrétien, chrétienne, locution qui désigne les pionniers et, par extension, les Blancs en Argentine. Dans la bouche d'Alma, c'est à comprendre au sens de "imbécile".

encore décidé à enfourcher son cheval, elle sort de la poche intérieure de sa polaire un paquet de tabac blond et une feuille à rouler qu'elle réussit à remplir sans que le vent s'y insinue. Il fait ses adieux, elle peut bien lui laisser ça… Quelque part, elle en tire une joie malsaine. Chacun son tour.

Elle l'étudie tandis qu'il caresse le bois de la barrière du corral puis s'y accoude pour contempler l'enclos monté avec effort, les sentes travaillées par ses moutons, qui serpentent entre les bouquets de *coirones* et les buissons rêches. Danilo lève le nez et regarde en direction de l'amoncellement de cailloux à mi-pente du mont Pewen qui désigne l'unique endroit où Movistar passe suffisamment bien pour recevoir quelques messages sur WhatsApp. C'est le code du *campo* : ces tas de cailloux matérialisent ce qu'on nomme "cabine téléphonique" avec une certaine ironie.

Un peu plus près, vers l'est, elle distingue un autre tas de galets travaillés dans le *río*, ronds et doux, surmontés d'une petite croix blanchie par les pluies. Un brin de tabac échappé de la cigarette lui agace le bout de la langue, elle l'attrape entre le pouce et l'annulaire.

Il faut partir.

— *Che*, si tu ne viens pas, je pars et je prends ta mule. Il ne faut pas tarder si on doit trouver l'abri de ce soir, je n'ai pas l'œil d'une chevêche. Le contournement du nouveau lac prend au moins la demi-journée.

— Nous ne contournons pas, il suffit de passer sur le barrage. J'ai vu avec les ingénieurs, ils sont prévenus.

— Le barrage ?

— Nous n'avons pas mille moutons à pousser devant nous, c'est très facile.

Les yeux soudain élargis, Alma se frappe la poitrine du plat de la main.

— Mais je refuse de passer sur le barrage !

Le cheval sent son trouble et recule de deux pas, racle les sabots antérieurs et soulève une poussière ocre. Elle ferme les yeux, ne veut pas montrer qu'elle combat le vertige qui l'a saisie tout à l'heure alors que le quad allait vite et bien sur la crête. Quinze chevaux à faire passer, c'est autre chose. Il va falloir observer, tenir la bride sans se crisper, ne pas effrayer les poulains qui pourraient glisser sous les barrières ridicules qui bordent la crête. Elle ne s'en sent pas capable. Ouvrir le passage ? Impossible, elle n'aurait que le vide devant elle. Le fermer ? Impensable, elle ne se sent pas la force de repousser les images de poulains perdant pied et glissant le long des cent, cent cinquante mètres de hauteur de béton pour se disloquer sur les parois avant de plonger dans l'eau mousseuse du *río*. C'est non.

De toute la puissance de ses molaires, elle écrase la pulpe de ses joues pour ne pas laisser son menton trembler.

— Hors de question de faire passer les chevaux sur le barrage. On ne leur fait pas courir ce risque.

Elle ne peut pas dire qu'elle comptait prendre la route de l'ouest parce qu'elle a quelque chose à y retrouver, une part d'elle-même. Elle sait bien que ça rallonge l'*arreo*. La nécessité de revenir sur les lieux, exactement, et pas seulement s'en approcher, lui tord le ventre. Elle n'avait pas conscience qu'elle en avait tant envie, tant besoin.

— C'est la meilleure solution, s'entête le *gaucho*. Le passage suivant est à dix-huit kilomètres et nous fait faire un détour inutile. Quant à contourner, tu l'as dit, c'est une demi-journée.

— On m'a confié ce troupeau, ce n'est pas pour le mettre en danger dès le premier jour d'*arreo*.

Se maîtriser lui coûte une énergie monumentale. Elle sent ses narines frémir, cligne des yeux avec frénésie et sait qu'elle offre l'image d'une femme au bord de la crise d'hystérie, ce qui la rend plus furieuse encore. Elle force son menton à se rapprocher de sa poitrine, sait que ça impose à sa voix de descendre dans les graves.

— C'est moi la responsable de ce troupeau à présent, tu l'as vendu, *che*, souviens-toi.

— Je me souviens. Ni la jument ni les poulains ne sont en mesure de faire du hors-piste. Pour ça et pour le reste, nous allons prendre le barrage.

El Manso n'a pas élevé la voix, il caresse l'encolure de son cheval calmement et lui glisse deux ou trois claquements de langue sécurisants. Il lui oppose cette connaissance intime qu'il a du terrain, lui fait insidieusement sentir qu'elle n'a pas les cartes en main et doit se laisser mener. Elle envisage un instant de lui lacérer le visage à coups de fouet mais sait se souvenir qu'elle ne peut pas convoyer seule. Ses intérêts contraires l'écartèlent. Si elle veut que tout s'accomplisse, elle ne peut que s'incliner et se réconforter en pensant au renversement prochain des forces en présence. Elle goûtera d'autant plus la chute de cet orgueilleux.

De manière aussi violente qu'imprévisible, le désir de contempler les débris de sa vie d'enfant s'évanouit. Puisqu'elle ne peut pas, elle ne veut plus. Elle passera sur ce putain de barrage et elle se consolera au moment du vertige en pensant à sa revanche.

Alors elle fléchit la nuque et raccourcit sa bride. Naturellement elle ferme la marche, fait tournoyer son fouet ramassé en une seule boucle dans sa main pour rabattre les poulains qui s'éparpillent. Les chiens de Danilo font leur part, courent plus qu'ils ne jappent, fins connaisseurs de la sensibilité des animaux qu'ils encadrent. Ouvrant la voie avec une assurance toute patriarcale, Danilo offre à Alma la vision d'un gros cul satisfait. Il tient dans sa main gauche la longe de la mule qui le suit, crapote de l'autre main un tabac brun dont la fumée lui arrive en écharpes lâches. Ça sent la vanille synthétique, celle des petits sapins qui se balancent au rétroviseur des pick-up américains.

4

Un mélange roboratif d'arômes de caramel et de vanille chargeait l'habitacle de l'Amarok dans lequel Alma venait de poser ses fesses. Le cuir lui collait aux cuisses. Elle n'avait jamais eu l'occasion de grimper dans un char d'assaut pareil, s'était laissé convaincre car la piste qui grimpait au relais de pêche était rude et qu'elle n'était pas en avance. Pendant les quinze minutes que dura l'ascension, elle retint son souffle, préparée à plonger les ongles dans le gras poilu du conducteur s'il tentait de lui effleurer la cuisse. Étonnamment, elle n'eut pas à se défendre sur ce terrain-là. Le bonhomme, originaire de Denver, mettait un point d'honneur à s'extasier sur les paysages grandioses qui faisaient de Bariloche la "petite Suisse de l'Argentine".

— Votre pays, c'est quelque chose. Bon, pour la truite, je reconnais que ça ne vaut pas la Mongolie. À Oulan-Bator, les gens sont tellement souriants, hein, on sent que ça leur fait plaisir qu'on vienne découvrir leur vie, leur… et vous, vous travaillez au refuge toute la saison ?

— J'ai été embauchée en novembre, à l'ouverture de la pêche.

— Et le reste du temps alors ? Parce que j'imagine que le tourisme, hors saison… avec le vent et tout… Vous retournez dans votre réserve ?

— Ma…

— Oui, l'endroit, là, où se retrouvent les Indiens. On a ça aussi aux États-Unis, hein, faut pas avoir honte.

— J'ai grandi à Buenos Aires.

— Ah…

Le type tritura les boutons de sa climatisation qui devait lui sembler trop peu polaire. Puis il sourit de nouveau et hocha la tête, faisant saillir le petit bourrelet qui lui courait d'un lobe à l'autre.

— J'avais remarqué aussi, que vous n'aviez pas cette manière confuse de mélanger l'espagnol et le dialecte. Le mapuche, c'est ça ?

— Je ne sais pas, je ne parle pas mapuche.

Elle se tenait bien droite, les mains serrées entre les genoux, refusait de laisser son dos aller contre le dossier du siège. Un mélange d'exaspération et de compassion pour ce type en gilet kaki et bajoues capitalistes qui ne songeait pas une seconde à lui mettre la main au panier lui comprimait le cœur. Elle lui reconnaissait un honnête désir de nourrir la conversation et lui en voulait d'autant plus de s'empêtrer dans des propos dont il percevait forcément la maladresse. Pourquoi fallait-il que les Nord-Américains soient si dépourvus de retenue ? Pour atténuer la dureté de sa dernière phrase, et parce qu'elle sentait le pêcheur à la mouche se décomposer sur le siège voisin, elle lui adressa un sourire bref.

— Votre voiture est vraiment très confortable.

Après tout, il restait un client et elle comptait bien garder son emploi jusqu'au 1er mai.

La piste grimpait au point qu'elle eut peur un instant que le pick-up se renverse en arrière. Elle imaginait parfaitement le capot d'un blanc devenu gris se décoller de la pente et dessiner dans l'air brûlant de novembre un soleil dont ils seraient le centre.

Lorsque les bâtiments du refuge de pêche surgirent enfin au bout du sentier, elle avait les paumes glissantes et ses cuisses firent un bruit de succion quand elle quitta le siège.

Sans se l'avouer, elle vouait une certaine admiration au bâtiment d'origine qui rappelait l'esprit besogneux du pionnier qui l'avait édifié : quatre murs trapus d'un gris volcanique dont chaque pierre pesait l'équivalent d'une ancre en acier galvanisé. Elle y servait depuis deux semaines des bières et du vin de Mendoza aux touristes venus assouvir l'inexplicable désir de ficher un hameçon dans la joue d'une truite pour lui enfoncer ensuite un dégorgeoir jusque dans les branchies et la relâcher enfin à la rivière. Le *"catch and release"* lui semblait le comble de la violence gratuite.

La lumière d'été pénétrait difficilement dans l'espace conçu pour minimiser la prise au vent, mais l'intérieur était astucieusement blanchi et il régnait autour du bar en bois blond une douce atmosphère. Les lodges disséminés en dénivelé avaient été construits cent cinquante ans plus tard et Alma trouvait leur allure faussement décontractée plutôt ridicule. Chacun disposait de sa vue dégagée sur le bleu du lac Nahuel Huapi. Entre les toits pointus, de petits buissons piquants permettaient d'atténuer le son des ronflements satisfaits qui s'élevaient la nuit.

Elle poussa la porte qui se referma aussitôt derrière elle. En revenant dans la Patagonie venteuse de sa petite enfance, elle avait découvert la dureté des charnières et des vérins de hayons qui protégeaient les portes et les coffres des voitures de l'arrachement. Le vent soufflait parfois avec une violence qui empêchait d'ouvrir du premier coup, mais lorsqu'il s'engouffrait dans la brèche, il fallait alors résister de toutes ses forces pour ne pas le laisser tout emporter.

Ces jours-ci, le temps était plutôt calme.

— Salut, Alma. On a un groupe de huit qui arrive pour dîner, ça fait de la patate à peler. Et pour la paie, tu l'as dans ton casier. Tu t'es fait un joli paquet de pourboires en plus.

— J'y vais. Merci.

D'un coup de menton, le patron du relais accusa réception de sa gratitude. Elle savait qu'il ajoutait deux ou trois billets tirés de sa caisse noire pour arrondir la paie, pourboires ou pas pourboires. Pourquoi ce gars-là cherchait-il à s'attirer ses bonnes grâces, elle n'en avait aucune idée. Il n'avait pas essayé de la serrer dans la cuisine, tenait sa comptabilité à peu près dans les clous, ne vendait pas de MDMA aux Américains… Bref, elle ne comprenait pas, ne voulait pas croire à un acte simplement généreux, d'autant plus qu'elle s'était bien gardée de lui dire dans quelles circonstances elle arrivait dans la province de Río Negro : une main derrière, une main devant. Elle ne doutait pas de recevoir un jour la facture de cette discrète charité

Et merde, ils sont déjà là ! Alma, t'en es où ?

— Ça bout, ils pourront manger dans vingt minutes !

Petit, gros, dégarni, le patron avait tout de l'hôte bonhomme et, lorsqu'il se précipita à la porte pour l'ouvrir en grand aux huit Montréalais qui sortaient de leurs 4×4 empoussiérés, nul n'aurait pu dire qu'il était pris au dépourvu. Il leur sourit de toutes ses mauvaises dents et leur serra la main avec une pression dosée comme il fallait. Il avait l'intelligence des rapports de force et adaptait la puissance de sa poigne à son interlocuteur. C'était d'ailleurs comme ça qu'il avait réussi son premier face-à-face avec Alma qui ne s'était pas privée, elle, de lui broyer les phalanges. Elle lui vouait une estime méfiante, l'entendait parfois proférer des âneries tirées mot pour mot des actualités de TVP* et lui en voulait d'autant plus qu'elle l'aimait bien.

Les Québécois baissèrent la tête en entrant et prirent place en échangeant avec le patron quelques phrases admiratives sur l'emplacement, la vue, la pente si raide, le vent si rêche. Lorsqu'Alma entra en salle en portant un plat immense et fumant, ils discutaient tous avec animation, exhibant leurs dents blanches et leur montre sport. Elle eut du mal à trouver de la place entre les chopes et les cendriers, jaugea leurs réactions entre ses longs cils noirs. Elle se délectait de ces regards rapides sur sa frange épaisse, ses pommettes hautes et son teint d'épices, puis sur le tablier blanc qu'elle portait volontiers en salle, elle, la soubrette, la servante indigène. Elle se réjouissait de les voir baisser le nez, vaguement honteux de se trouver assis sur leur banc rustique, les coudes largement écartés sur la table de *lenga***, les genoux pareils, et servis par une Indienne. Reconnaître le visage toujours identique de la *"white guilt"* la remplissait d'une joie douloureuse, c'était comme se scarifier en public, et elle aimait alors leur jeter ce regard

* Televisión pública, la "chaîne du gouvernement".
** Hêtre de Terre de Feu.

de haut, elle debout, eux assis, tellement fière, tellement chez elle, tellement pas dupe. Ça lui faisait mal et c'était bon en même temps. Elle se gonflait de sa fierté de *piquetera**, ne savait pas vraiment pourquoi elle jouait ce jeu-là, mais elle jouissait d'afficher son dédain. Ça ne favorisait pas sa paix intérieure, mais c'était électrisant comme un cul sec de tequila. Puis elle souriait, effaçait cet éclair de mépris qu'elle avait dans le regard, baissait les yeux et disait à mi-voix "Bon appétit, messieurs", avant de disparaître en cuisine, les laissant incertains de ce qu'ils avaient cru percevoir. Cette fois-ci, sept des huit hommes réagirent comme elle l'avait prévu. Le huitième, un adolescent gâté, la fixa sans baisser le regard avec un demi-sourire dérangeant. Elle se retira sans jeter sa petite phrase obséquieuse et les laissa discourir des bienfaits comparés de la mouche synthétique et de la soie naturelle. Quand le patron s'approcha pour donner à chacun la clé de son lodge, elle était derrière le bar à faire chauffer l'eau pour l'incontournable maté. L'adolescent en profita pour demander :

— C'est une Indienne, elle ?

Et la réponse du patron – mon Dieu, elle ne l'avait pas vue venir et pourtant c'était tellement évident, un type qui regarde TVP ne peut que répondre une chose pareille – lui gela l'estomac.

— Malheureusement, pour tout un tas de raisons, les peuples natifs sont éteints. Maladies… tout ça.

— Et elle alors ?

* Participante aux mouvements sociaux des sans-emplois dont le mode d'action consiste à bloquer les routes par des manifestations statiques et/ou des barricades. La place des femmes dans ces manifestations et dans leur traduction politique fut et reste un enjeu féministe important.

— Eh bien elle est argentine, comme ma femme et moi ! Voilà ta clé, bonhomme.

— Vous ne vous ressemblez pas.

— C'est peut-être parce que j'ai la double nationalité, j'ai des ancêtres allemands. On est nombreux ici à avoir nos deux passeports.

La nausée la prit par surprise. Elle était habituée au discours officiel, elle avait conscience du fait que la classe moyenne avait été éduquée à penser qu'il ne restait en Argentine pas de population significative de "natifs". Mais l'entendre de la bouche du patron, de ce type correct qui avait peut-être perçu son état de délabrement intérieur, ça lui causait une douleur fulgurante. Elle le laissa parler de sa glorieuse ascendance. Comme si les premiers pionniers germaniques n'avaient pas, comme tous les autres, mélangé leur illustre patrimoine génétique avec celui des Mapuches, peuple Aonek, Kawésqar, Selk'nam, Chonos, peuples des forêts et des lacs. Quatre-vingts pour cent de la population patagonne avait des origines natives. Il fallait bien déverser quelque part la précieuse semence européenne en attendant de faire venir les Augustine et les Konstanze. Plus au nord, c'était différent, mais en réalité, seule l'élite politique et industrielle pouvait se targuer d'avoir conservé immaculées ses origines européennes. Le bel idéal du récit national, celui qui affirmait qu'il n'y avait plus ni natifs ni Européens, n'était qu'une vaste hypocrisie qui avait abouti à ce désastreux constat : ceux dont on avait nié l'existence avaient fini par se nier eux-mêmes et par cesser d'entretenir leur fierté, leur culture et leur langue. Mais que le discours officiel le veuille ou non, Alma, elle, existait, et elle savait qui elle était. *Connard décérébré.*

Sans se douter un instant de l'effet de ses paroles, le patron repassa derrière le bar et lut la liste des consommations qu'il avait notées au fil des pressions et des bouteilles de Mendoza, son gros index allemand écrasé sur le papier. Elle saisit la bouilloire par l'anse, n'hésita pas longtemps et lui versa sur le bras l'eau frétillante qui gigotait encore dans son réservoir brûlant. Le patron eut à peine le temps de hurler que la vue des cloques qui surgissaient sur son bras dodu lui fit tourner de l'œil. Debout, sa bouilloire à la main, Alma sut que ce geste venait de la contraindre à faire ses valises et à descendre plus au Sud. Le jour où elle vivrait en Terre de Feu, c'est qu'elle serait allée au bout de sa politique de la terre brûlée et qu'elle aurait épuisé la capacité d'oubli de Neuquén, de Río Negro, de Chubut et de Santa Cruz.

5

Dans son dos, Danilo perçoit la sourde hostilité d'Alma. Il ne s'en fait pas, elle va finir par avaler la pilule. À cet âge-là, on se formalise de tout et puis ça passe. Il fera attention à marcher pas loin d'elle sur la crête du barrage. Il suffira de faire passer en premier la jument baie qui aura assez de cran pour avancer si elle le sent derrière. Ça lui permettra de prendre la bride d'Alma si jamais il voit qu'elle flanche. Il laissera assez de mou à la mule pour qu'elle puisse marcher derrière eux. Il a flairé chez la jeune femme une angoisse qui n'a rien à voir avec le combat d'ego sur lequel elle a tenté de l'entraîner. Or, s'il considère l'orgueil comme une faute grave, il respecte l'angoisse. L'orgueil est un piège mortel pour un *gaucho* qui ne doit jamais présumer de ses forces : si le vent souffle trop, inutile de s'entêter à fendre le bois dehors, si l'eau coule à travers les planches de la cabane, inutile de colmater avant la fin de la pluie, si la jument s'énerve quand le poulain se présente mal, inutile de rester à portée de sabot. Tout cela n'a rien à voir avec soi, l'orgueil ne pousse qu'à l'erreur et l'erreur se paie beaucoup trop cher quand personne ne passe pendant deux ou trois semaines. Danilo a appris à prendre au sérieux la rage de dents, l'écharde fichée trop profondément, l'orteil écrasé sous une bûche, tout ce que la vanité virile aime mépriser. C'est la vanité qui doit être méprisée, mais l'angoisse ne peut pas être balayée d'un revers de manche. L'angoisse est souvent l'autre nom de l'intuition.

Le balancement de sa jument le berce et il entend dans son dos les poulains qui s'écartent parfois de la piste pour se dégourdir les jambes, brouter une touffe d'herbe un peu plus grasse que les autres. Sans se retourner, il lance alors un sifflement bref et les chiens comprennent qu'il faut resserrer les rangs. C'est l'entier qui est le plus difficile à contenir. Les juments ont beau ne plus être en chaleur, il a le sang qui bouillonne encore, pousse les hongres qui s'écartent l'oreille basse, chique les pouliches ou la mule et tente sans arrêt de le dépasser. Danilo fait alors tournoyer le fouet au-dessus de sa tête dans le ciel blanc de lumière. Il essaie de ne pas se retourner. De ne pas voir la petite croix blanche qu'il laisse derrière lui, de ne pas songer aux pluies de mai qui vont percer le toit du *puesto*, au vent qui s'engouffrera sous les tôles, entre les planches, qui va arracher les cartons qu'il a cloués autour de la fenêtre pour en améliorer l'isolation. Dans un an il ne restera sans doute que le mur en pierre qu'il a bâti, le seul à tenir contre le vent qui couche les arbres sur la pente des Andes. Il avance, tire parfois sur la longe de la mule qui ralentit, regarde devant lui la piste qui serpente entre les blocs de pierre et les bouquets de fétuques, qui poudroie sous leurs pas et fait blanchir les branches basses des *calafates*. Il songe aux annonces radio. Est-ce que quelqu'un parlera d'un étranger mort d'un coup de couteau ? Que va devenir Eliseo ? Et sa mère ? Danilo n'a pas revu sa femme depuis des années. Il devra lui donner des nouvelles, aller en ville et trouver la petite maison où elle s'est réfugiée. Sans y réfléchir, il tâte la poche de son blouson où il glisse habituellement sa radio et s'étonne de la trouver vide. Il l'a laissée à Eliseo. Sans elle il se sent nu et désarmé, comme une écorce à la dérive sur l'eau du lac de retenue qui monte et dont personne ne connaît encore l'emprise définitive.

— Alma, ta radio, tu l'as ?

— Bien sûr, *che*, qui n'en a pas ?

Elle lui a répondu sur un ton presque moqueur. C'est bien, elle domine sa peur et ne la laisse pas l'étrangler. La gouaille ne passe pas dans un œsophage comprimé.

Alors que le *puesto* n'est plus qu'une tête d'épingle sur le flanc de la montagne, il ne peut s'empêcher de se retourner juste une fois, avant que le virage ne le lui cache définitivement.

Puis le barrage leur apparaît. Il se niche en contrebas, reptile discret qu'on ne peut apercevoir que brièvement, lové entre les deux parois des gorges du *río* Azul. Vu d'en haut il n'a pas l'air si long mais Danilo en connaît les dimensions et il sait que la traversée va leur sembler interminable. Il s'émerveille chaque fois de la démesure du pouvoir de ce petit trait d'union de béton. C'est donc ça, ce modeste caillou qui bouche la sortie du cirque immense dans lequel il vit depuis trente années et qui fait monter l'eau inexorablement. C'est ça qui a vidé de leur poignée d'habitants les trois vallées et qui le chasse maintenant lui, Danilo, le dernier à partir.

Alors que la descente vers le barrage s'amorce, l'étalon dans son dos hennit et s'agite. Il sent la peur soudaine d'Alma qui tire sur la bride de son hongre et transmet son angoisse aux juments qu'elle talonne, aux poulains ensuite et à l'étalon, le plus sensible de tous. Le cheval renâcle immédiatement à emprunter la piste qui descend en lacets entre les arbres roux jusqu'au passage étroit vers l'autre rive. Danilo doit aussitôt lâcher la bride de sa mule, remonter le troupeau à contresens et murmurer les phrases inventées qu'il sait rassurantes pour l'étalon qu'il a lui-même débourré. Cela ne suffit pas et le cheval donne des coups d'encolure furieux, fait s'écarter les juments apeurées. Il couche ses oreilles et montre le blanc des yeux. Méfiante, la jument de Danilo se met à marcher en crabe, cherche à s'éloigner malgré les talons pressants de son cavalier, croise les jambes dans un ballet d'évitement qui pourrait sembler gracieux mais qui ne fait qu'aggraver la confusion du troupeau. La bride fait mousser sur le haut de son épaule une écume qui sent l'effort et lui colle le poil à rebours, l'inquiétude la fait brutalement monter en température. Danilo saute sur la piste et, malgré le rapport de force qui donne à l'étalon un avantage évident, s'approche, béret tiré sur l'arrière du crâne pour dégager le regard.

— *Che*, tu es beau, regarde Danilo, c'est lui qui t'a fait naître, tout va bien. Oh, mon beau, mon bonhomme, là, tchhh…

Grâce à l'étrange mélopée qui s'échappe à travers ses lèvres blanchies, Danilo réussit à trouver le canal qui le lie à l'étalon, le fil d'attention qu'il ne faut surtout pas briser et qui lui permet de transmettre au cheval la certitude intérieure que rien ne peut arriver de mauvais. Peu à peu, les tics nerveux de l'entier s'espacent, le mouvement impatient de ses sabots se calme et il courbe enfin l'encolure pour amener la tête qu'il tenait haute juste au niveau de l'épaule de Danilo. D'un mouvement ferme du museau, il le pousse sur le côté et ne se laisse pas caresser. Il est calmé et c'est déjà bien assez.

— Laisse-le marcher devant, *che*, il veut te dépasser depuis tout à l'heure, observe Alma. Il sait ce qu'il veut.

— Il refusera de traverser le premier.

— Moins il sent ma peur, plus on a de chance qu'il avance.

Comme pour compenser l'aveu qu'elle vient de faire, Alma fait crisser entre ses molaires la poussière accumulée et crache un jet de salive au pied de sa monture. Danilo lui découvre une dent manquante sur le côté. Elle a beau avoir l'accent du Nord, elle n'a pas dû manger plus souvent que lui des légumes frais.

L'étalon s'engage sur l'étroite bande de béton qui ressemble à une lame incurvée. Il faut marcher sur le fil. Les garde-fous sont dérisoires, le passage est à peine assez large pour se croiser à deux de front. Le quad qui est passé le matin devait avoir les roues bien proches du bord.

Le vent fait voler le crin des chevaux, il faut fermer les yeux presque complètement. Le souffle du barrage monte du dessous, il est difficile de respirer. À droite, le mur de béton plonge dans le fond de la gorge, une chute vertigineuse de cent trente mètres. Si le pied d'un cheval glisse, il se disloquera sur la base du barrage avant de finir dans le filet d'eau turquoise qui serpente au fond de la cluse. À gauche, l'eau du lac de rétention d'un bleu laiteux s'étend sur plus de mille hectares, léchant chaque jour un peu plus haut les parois des montagnes. Le vent fait friser la surface et lorsque le soleil sort de derrière un nuage épais, la couleur du lac s'allume et vire du bleu cobalt à l'aigue-marine. On y retrouve les nuances du plumage des oiseaux d'Iguazú.

Vus d'en bas, Danilo s'imagine quel spectacle ils offrent : quinze silhouettes de chevaux se découpant sur le ciel blanc, une mule chargée comme l'âne de Bethléem, la queue fouettant le vent, un cavalier devant, un cavalier derrière, leurs mains posées sur les genoux pour surtout laisser leur monture caler ses pieds là où elle veut. Une caravane de Bédouins sur la crête d'une dune. Ce doit être beau. Quand il sent que le vertige commence à faire onduler les lignes de fuite, il ferme les yeux et crie à Alma :

— Si ça tourne, couche-toi sur l'encolure et ferme les yeux.

— Comment tu crois que je suis depuis le début, *che* ? lui répond la voix étouffée d'Alma.

6

— Tu l'as eu, toi, depuis qu'il est parti en vadrouille ?

— Tu sais bien qu'ici le réseau… soupire Sandra, penchée sur le graphe qui retranscrit les données de la station sismique. Ne me dis pas qu'il te manque ?

— L'Ingénieur ? Surtout pas, proteste Benoît en raccrochant pour la seconde fois son ciré qui glisse de la patère.

C'est rare qu'il se trouve dans le poste central en même temps que Sandra. Leurs tours de garde sont bien rodés et s'ils se voient, c'est plutôt dans le salon feutré de l'Ingénieur ou dans celui mal isolé de Sandra. Étrangement, elle vient peu chez lui, à croire qu'il tient mal son intérieur. Pourtant il est bien plus méticuleux qu'elle dans son ménage, il se fait la réflexion chaque fois qu'il détecte chez elle le voile gris d'une toile d'araignée tendue dans un angle de la pièce à vivre. Mais elle préfère jouer à la réussite ou à Tetris plutôt que manier le plumeau. Chacun tue le temps comme il peut. Sandra suit du doigt les courbes sur le papier, penchée sur le bureau où s'amoncellent les boîtes vides de *dulce de leche* qu'elle aime terminer en y plongeant l'index. C'est fou qu'elle ne prenne pas un gramme, tandis que lui…

— On rangera avant qu'il rentre, détends-toi, marmonne-t-elle en soufflant sur une mèche de cheveux blonds échappée de la pince en plastique noir qu'elle a fichée n'importe comment au sommet de son crâne.

Le générateur ronronne dans un coin, et Benoît ne s'en éloigne pas trop pour sentir à l'arrière des cuisses la douce chaleur qui s'en dégage. L'humidité des galeries s'arrête à la porte du poste central et c'est toujours un soulagement pour lui d'y retirer ses bottes et son ciré dégoulinant de condensation. Même le vent n'arrive pas à s'insinuer dans ce bocal agrippé à la paroi de béton du barrage.

— Le débit de la restitution à la rivière, ça donne quoi ? grogne-t-elle, un bouchon de stylo coincé entre les molaires.

— Douze mètres cubes par seconde. C'est un peu en dessous de l'engagement signé lors des études environnementales, mais bon, la pêche s'est sacrément ralentie et personne ne se plaint. C'est pas comme si quelqu'un habitait ce trou paumé, soupire Benoît. Pour la prochaine mise en eau que je signe, fais-moi confiance, je m'assure avant qu'il y a un bled pas trop loin.

— La civilisation te manque ?

— Pas à toi ? Mis à part nous deux, on ne voit personne, absolument personne depuis des semaines. Je deviens fou, moi. Et ce truc qui se remplit à la vitesse d'une chasse d'eau qui fuit…

Il mime du bout des doigts l'explosion de son système nerveux.

— On prévoit des pluies dès demain, ça va s'accélérer. Avec l'hiver qui arrive, on va grimper à la cote 1 005 en trois semaines maximum. Dans un mois tu es chez toi, les doigts de pied en éventail à Conchil-le-Temple.

— Wailly-Beaucamp. Ça fait dix fois que je te le dis.

— Conchil-le-Temple, ça me fait bien plus marrer. Non mais ces noms dans le Pas-de-Calais, je m'en remets pas. La Décalotterie…

— La Calotterie. Tu fais exprès.

— J'admire ! C'est tellement moins drôle, les noms des bleds au sud de la Seine.

Alors qu'il a sur le bout de la langue des toponymes délirants comme Poigny-la-Forêt ou Rennes-en-Grenouilles, Benoît DePretto ravale son chauvinisme en se rappelant qu'il est presque italien. Elle ne l'épargne pas, la blonde Sandra, elle se joue de lui, de ses bras dodus, de ses cuissots rebondis dans ses pantalons devenus trop justes et de ses cheveux épars. C'est facile de jouer la belle quand on est la seule. Alors qu'il pourrait la faire rire (d'autre chose que de lui), la rassurer quand le vent souffle méchamment, la distraire en lui racontant de mémoire les contes des *Mille et Une Nuits*… Il a de la ressource mais aucun débouché. Il se console autrement, recréant à partir de presque rien une belle histoire à laquelle Sandra ne fait que prêter ses traits, son corps… Même sa voix, Benoît l'imagine plus douce quand il lui fait dire des mots qui aiment et qui embrassent. Il soupire profondément tandis qu'elle se penche de nouveau sur ses relevés.

— Tu m'as dit qu'hier tu avais un débit de combien dans la galerie inférieure ? demande-t-elle.

— Presque une fois et demie le débit d'avant-hier.

Il ouvre un pot dans lequel il vient d'apercevoir un fond de confiture de lait, le renifle puis revisse le couvercle et demande :

— Et il revient quand ?

— Qui ?

— L'Ingénieur.

— Il te manque vraiment alors. Je n'en sais pas plus que toi, Benny Benny, il a dit qu'il descendait dix jours se changer les idées et boire des mojitos à Bariloche. Il avait besoin de musique lounge et de poulet rôti.

— Bariloche, répète Benoît, songeur… Du coup il aurait mieux fait d'emporter ses chaussures de marche au lieu d'embarquer ce matériel ridicule qu'il a acheté au vieux du *puesto*.

— Tu parles du lasso ?

— Et des bottines en peau, là, comme s'il savait monter à cheval…

Sandra étouffe un rire, se redresse et se masse les lombaires, permettant par la même occasion à Benoît d'admirer en silence sa chute de reins et le balancement de ses petits seins sous son sweat-shirt aux couleurs de Centrale Lyon.

— C'est un collectionneur, que veux-tu, l'excuse-t-elle. Au Hubei, il s'est acheté un *hanfu* de cérémonie, à Souapiti il a rapporté un lépi.

— C'est quoi ?

— Un pagne indigo peul.

— Tu es bien renseignée, raille-t-il avant de s'apercevoir avec horreur qu'elle rougit jusqu'à la racine des cheveux. Non… tu couches avec ? Avec l'Ingénieur ?

— T'es con… proteste-t-elle mollement.

Le château de cartes de ses espoirs informulés s'écroule silencieusement. Il a le menton qui tremble et se détourne pour fixer son attention sur la carte géologique du site punaisée sur le mur. D'une voix qu'il espère stable, il annonce :

— J'y vais, c'est l'heure de ma tournée.

Sans attendre de réponse, il décroche son ciré dont la doublure est encore humide et sort sans prendre de seau ni le lecteur de carte bleue. Il va marcher, ça va lui faire du bien. Un vent chargé de poussière l'enveloppe immédiatement et ternit le jaune luisant de son manteau. Vivement qu'il pleuve un peu pour plaquer au sol cette saleté de roche pulvérulente qui fait pleurer. Benoît préfère retrouver l'atmosphère des galeries dont le béton suinte en permanence une eau glaciale. Il erre dans le boyau sombre, change d'étage sans s'en rendre compte, il compte ses pas puis s'ébroue et perd le fil. Quelle déception. Et quelle angoisse. Il pourrait presque sentir l'air lui traverser le corps, là, juste au milieu de la poitrine. Il happe l'oxygène trempé qui stagne au fond de la galerie, à petits coups, autant que l'étau qui lui serre les côtes le lui permet. Il ressort à l'air libre et sursaute en se trouvant pratiquement nez à nez avec un diable noir qui lui jette à la figure un long cri guttural.

— Mais qui c'est ce *winka* ? glapit une voix de femme dans laquelle affleure la panique.

— C'est Benoît. On se calme. Salut, l'ingénieur.

Sonné, Benoît DePretto reconnaît le timbre rocailleux du vieux qui vit au *puesto*. Un type sympa au demeurant, pas trop asocial : Danilo. Un des expulsés qui a tenu plus longtemps que les autres. Son espagnol est à peu près incompréhensible, tout comme celui de la femme : à l'accent argentin auquel Benoît a fini par s'habituer s'ajoutent des mots qui sortent de nulle part, mélange de dialectes locaux et d'accent rural, il suppose. Benoît cligne deux ou trois fois des paupières, essaie de comprendre comment Danilo et ses chevaux peuvent se trouver ici, à la sortie de la galerie supérieure, puis il se souvient : la transhumance, ou l'*arreo*, comme ils disent. C'est aujourd'hui qu'il doit passer.

— Salut. Pardon, hein, c'était pas voulu, mauvais concours de circonstances. Ça va ? Je ne vous ai pas fait trop peur ?

Et quand le regard de celle qui vient de le traiter de connard se pose sur lui, c'est le ciel qui s'ouvre. Le vent se tait, l'eau qui gronde par la vanne cent trente mètres plus bas ne gronde plus. Il ne voit plus tout à coup que l'insondable noir des pupilles, n'entend que le roulement continu de son sang qui pulse dans l'aorte à toute vitesse et se concentre dans sa poitrine à l'en faire éclater. C'est une divinité. Une princesse qui le contemple du haut de son destrier. Il se sent beau et bête, confus et terriblement lucide, il est intensément en lui et totalement en dehors à la fois. Bref, il expérimente un de ces coups de foudre brutal et ravageur qui effacent d'un seul souffle tous les précédents. Il se jure avec sincérité que c'est la première fois. C'est déjà fini, elle regarde ailleurs, mais lui boit la courbe de sa mâchoire, le bombe de sa cuisse posée sur la selle, l'angle de sa cheville qui frôle l'étrier. Il a froid de fièvre.

— *Che*, je tremble comme une feuille, tu m'as achevée.

Sa voix… sa voix cassée, mal assurée, qui tranche avec un maintien de princesse. Elle porte haut le menton à l'équerre, les épaules jetées en arrière, et pourtant elle ne cache pas le tremblement de ses longues mains posées sur ses genoux. Il se met au derrière un gigantesque coup de pied mental et se lance :

— J'imagine le choc. Qu'est-ce que je peux faire pour…

Une intuition lui illumine le regard :

— Gin, pour se remettre ?

Lentement, elle hoche la tête. Le *gaucho*, derrière elle, ne dit rien. Il ne s'oppose pas à l'idée.

— J'habite au début de la piste qui descend dans les gorges, dans les maisons d'ouvriers. Vous passez devant, de toute façon.

— On te suit.

Il ne croit pas sa chance. Cette femme le suit. Cette femme accepte le réconfort un peu dérisoire qu'il lui propose. Il avance sur le chemin qui descend vers la ville avec le cœur dans la gorge et les poumons dilatés par la joie et l'appréhension. Est-ce qu'elle va descendre de cheval ? Est-ce qu'elle va le remercier d'un sourire, d'un effleurement ? Rien que l'idée de sa peau cuivrée qui le frôle le met dans un état fiévreux, mélange de ravissement et d'épouvante. Il imagine dans son dos le regard qu'elle fixe sur lui, ne sait plus trop quoi faire de ses mains, marche en se surveillant, pour avoir l'air décidé et viril, même de dos. Ça n'a rien de facile.

Devant la porte de sa maison qu'il laisse ouverte, il attend qu'elle mette pied à terre. Autour d'elle, les chiens font des ronds excités, ils attendent qu'il se passe quelque chose, mais elle reste vissée sur sa selle. Elle ne descendra pas. La déception commence à grignoter son enthousiasme. Il entre, poursuivi par le bruissement animal qui flotte autour des juments et des poulains arrêtés. Le gin est dans le meuble au-dessus de l'évier. Il sort trois verres, les remplit à ras bord. L'alcool semble plus transparent et plus léger que l'eau, Benoît croit même voir une vapeur de distillerie s'élever au-dessus des verres. Quand il ressort sur le seuil, il capte le regard moqueur de la fille. Il se sent empêtré avec ses trois verres calés entre ses deux mains, il aurait dû prendre la bouteille, tout simplement. Il ne sait comment tendre un verre sans lâcher les deux autres et finit par lever les deux mains vers Alma qui saisit aussitôt deux verres qu'elle avale d'un trait, l'un après l'autre.

— Je te laisse le dernier. Tu as le merci d'Alma. Tu sais te faire pardonner.

Et elle laisse alors tomber du haut de son cheval un sourire qui le cloue. Un sourire qui lui étire les yeux, qui allume au fond de son regard obscur une lueur étonnante. Elle a une dent de devant ébréchée. L'espace de quelques secondes, une fossette se dessine sur sa joue gauche. Elle a un visage d'enfant, nettoyé de la tension, de la fatigue, des épreuves qui ont creusé des ravins aux coins de sa bouche. Il voudrait lui répondre quelque chose, que ce n'est rien, que c'est bien normal, mais déjà elle s'est refermée et elle regarde en arrière pour demander au *gaucho* de passer devant.

Le *gaucho*, qui n'a rien dit et n'a pas réclamé à boire, touche son béret en passant devant lui. Sa mule le suit, puis la jument de tête, l'étalon, quelques poulains, d'autres juments, les chiens et enfin la cavalière.

Alors qu'il la fixe, avec dans les yeux une intensité qui lui fait mal, elle se retourne et cligne de l'œil, un demi-sourire au coin des lèvres. Quand elle a disparu, il applique ses lèvres sur le bord du verre qu'elle a utilisé en premier. Il ne les lavera pas, jamais. Ils sont la preuve que ce moment inouï a eu lieu. Ce sont ses reliques.

7

De la traversée sur la crête du barrage, Alma ne garde qu'un lancinant mal de crâne et aucun souvenir. Elle s'est tellement tendue, arquée sur ses étriers, qu'elle a l'impression de s'être fait éclater une cervicale, comme un morceau de glace explose entre deux molaires. Avec la migraine, son haleine change, elle perçoit une odeur de maladie, de fièvre, qui l'inquiète. Les restes du gin de l'ingénieur, peut-être ?

Depuis qu'elle travaille à l'*estancia* Hued Hued, elle s'est attachée à l'observation de tous ces petits signaux du corps à prendre au sérieux, comme le font tous ceux qui vivent loin des villes et des cabinets médicaux. L'haleine, entre autres, donne des informations précises sur l'état du foie et de l'estomac, quelques heures parfois avant que l'intestin ne complète le tableau. Pourquoi la migraine s'accompagne-t-elle de ce genre de dérèglement, elle n'en sait rien. Elle regrette seulement de ne pas connaître de truc efficace pour se débarrasser du problème. Ce genre de savoir s'est perdu, elle n'en garde que quelques noms mystérieux qu'elle ne relie plus à rien : *suico, tusca, pouliot*... à faire infuser, en fumigation, en application, contre les maux de ventre, les lésions musculaires, les accouchements difficiles, à cueillir le matin près du *río*, entre deux cailloux crayeux, garder l'écorce, la feuille, la racine… Elle a tout oublié, n'avait pas conscience au moment où ces recommandations s'échangeaient près du feu combien elles valaient d'or. Pour le moment, elle se contente de chasser comme elle peut la tension qui bétonne ses trapèzes : elle fait crisser le crin de son hongre au creux de sa paume, se concentre sur le bourdonnement du *río* translucide tout au fond de la gorge qui plonge à sa droite, elle remue parfois ses orteils pour faire circuler le sang au fond de ses bottines éraflées et cherche à capter au gré des coups de vent les passages de *Martín Fierro** que Danilo récite en tête de convoi, comme il doit le faire pour lui-même et pour ses chiens chaque fois qu'il chevauche longtemps.

Sentir dans son dos la masse écrasante de l'eau retenue lui fait couler la sueur entre les omoplates. Elle ne parvient pas à en détacher son esprit. Danilo semble le faire avec tant de facilité, d'abandon, lui qui sifflote pour amuser ses chiens. Alors que la piste tourne et lui cache définitivement le barrage, elle continue à en percevoir la menace et la puissance rentrée.

Danilo, les chevaux et elle marchent en surplomb du *río* et la piste qu'ils empruntent a été creusée à la dynamite sur le flanc de la montagne. Il a bien fallu acheminer les hommes, les sacs de sable, les poulies et les chariots jusqu'au repli de roche élu par les géologues. La piste de transhumance ne passait pas là, elle traversait bien en amont, mais les chemins sont sous l'eau à présent et Danilo n'avait pas d'alternative satisfaisante, Alma en convient à

* Poème épique composé en 1872 par l'écrivain argentin José Hernández qui décrit la vie rurale et magnifie la figure du *gaucho*.

présent, mais elle préférerait mourir plutôt que de le reconnaître à voix haute.

Les pentes rocheuses qui remontent de chaque côté du *río* leur cachent le soleil. Ils sont aussi vulnérables qu'une colonne de fourmis marchant au fond d'un sillon. Elle voudrait sortir au plus vite des gorges mais leur itinéraire les force à suivre les méandres du *río* pendant plusieurs jours, jusqu'à ce que les contreforts des Andes s'aplanissent et s'écartent sur le vaste vide de la steppe patagonne. Il ne lui reste qu'à serrer son angoisse entre ses côtes et à tenter d'imaginer ce qu'elle fera après, quand tout sera accompli.

Elle a beau avoir tanné son cuir en travaillant à l'*estancia*, les trois heures ininterrompues de chevauchée lui chauffent sérieusement le derrière. Sous la *bombacha*, son legging fait des plis qui lui brûlent la peau derrière les genoux. Elle a besoin de s'arrêter, de se rincer la bouche, de se décroûter le visage. Les poulains sont épuisés, eux aussi, ils ont cessé de gaspiller leur énergie à caracoler entre les jambes de leurs mères et trottent avec soumission sur le chemin étroit, le museau baissé contre le vent qui susurre.

Elle siffle et Danilo se retourne.

— Une pause ?

Il répond après un moment de réflexion :

— On arrive dans peu de temps. Il y aura plus d'espace pour s'asseoir, faire un feu et laisser brouter les chevaux.

— Combien de temps ?

— Peu de temps.

Alma lève les yeux au ciel. Il est vrai qu'autour d'eux, rien n'invite à poser le pied à terre. La paroi déchiquetée tombe à pic dans le *río* tout au fond, la piste n'est qu'une cassure dérisoire en travers de la pente. Elle n'insiste pas, serre les dents et redémarre. Sa vessie n'est plus qu'une pierre tranchante.

Tout à coup les parois qui les compriment s'écartent et l'irruption brutale de l'espace et de la lumière provoque chez Alma un vertige que le hongre perçoit immédiatement. L'animal, dérouté, modifie ses appuis et pose un pied sur le bord extrême de la piste qui s'effrite. En une seconde, Alma se voit basculer dans le bouillonnement du *río*, trente mètres en contrebas. Elle recule le buste, tire la bride en arrière pour compenser la perte d'équilibre et réprime un cri de panique. Un morceau entier du chemin se morcelle, comme croqué par une mâchoire invisible, et la roche concassée s'éboule dans le vide. Alma se couche en arrière et passe la jambe par-dessus l'encolure de sa monture. Elle saute sur la piste avant même que les premiers cailloux n'atteignent l'eau en bas. Le dos plaqué contre la roche, elle attrape l'étrier qui flotte et tire, tire de toutes ses forces pour que le cheval retrouve son aplomb. Le hongre n'a pas le temps de s'affoler. Il sent de nouveau le dur sous son pied. Tout devant, Danilo ne s'est même pas retourné. Dans la poitrine d'Alma, le sang cogne à l'entrée trop étroite du cœur et lui fait bourdonner les tempes. Elle inspire profondément et remonte en selle, les yeux secs et le menton prognathe.

— Abruti.

Elle ne sait pas elle-même si c'est au cheval qu'elle s'adresse. Un goût métallique lui tapisse la langue et elle crache un long trait rouge sur la poussière de la piste. Sa lèvre inférieure la brûle. Quand elle se passe la langue à l'intérieur, elle sent d'étranges crénelures imprimées dans la muqueuse. Elle s'est mordue sacrément fort.

L'élargissement de l'espace s'explique par un travail titanesque d'excavation et de terrassement qui a permis à l'usine hydroélectrique de s'installer le long du lit du *río*, en bout de conduite forcée. Le décaissement sur lequel Alma et Danilo se trouvent domine d'une vingtaine de mètres un bâtiment trapu. D'après le panneau explicatif, planté ici à l'intention d'hypothétiques touristes, la toiture miroitante abrite deux turbines et deux alternateurs dont la rotation s'active sous la pression de l'eau qui transite dans la conduite forcée depuis le barrage. À l'extérieur, un peu plus bas encore, les transformateurs injectent le courant dans d'énormes câbles qui escaladent la montagne sur une pente aménagée, suspendus à des pylônes monumentaux aux silhouettes de totems. L'énergie produite grâce à l'ouverture sur commande des injecteurs parcourt ainsi des milliers de kilomètres et, ô fierté, ne génère aucun déchet.

Le hérissement de ferraille qui se découpe sur l'indigo du ciel donne à Alma une crampe d'estomac. Tout en elle se rebiffe quand elle imagine ces câbles traverser la steppe comme une longue déchirure, desservir au passage les points de forage pétroliers qui défigurent les côtes atlantiques puis apporter en ville de quoi poursuivre le déclin de l'humanité, noyée dans la surconsommation et l'abrutissement culturel. Elle s'insurge, elle écume. Elle sait que sa radicalité prête à sourire, elle n'est pas à une contradiction près, elle qui promène dans sa sacoche un iPhone reconditionné qui ne capte qu'aux abords des villes.

La lumière diminue, elle pense aux annonces du soir. Tous les jours, il faut qu'elle les écoute, et elle n'a qu'une idée toute relative de l'heure. En remontant un genou sur le garrot de sa monture, elle parvient à sortir sa radio de la sacoche qu'elle garde avec elle. Le bouton émet un clic réconfortant avant que le son n'augmente, et la diode rouge apparaît sous une couche de poussière. Les piles ont du jus, ça marche. Allumer sa radio quand rien d'autre ne vous lie au monde, c'est comme sortir d'une apnée. Malheureusement, le grésillement indéchiffrable qui s'élève fait aussitôt chuter son espérance. Aucune onde ne pénètre aussi profondément dans la raie du cul de la planète. Comme s'il percevait sa frustration, Danilo se retourne. On ne lui voit que les yeux qui luisent entre son béret et le foulard dont il a recouvert son nez.

— Si tu veux, on s'arrête quelques minutes ici.

— La radio ne capte rien, il faut remonter.

— Pour la nuit, j'ai un endroit, on a juste à longer les pylônes et on arrive à l'enclos d'étape de mon voisin, sur le plateau au-dessus.

— On va manquer les annonces.

— Non, il est…

Et Danilo mord à travers son foulard le tissu de son affreux blouson contrefait pour remonter la manche et faire apparaître sa montre sans lâcher la longe de sa mule.

— Il est 20 h 15. On a quarante-cinq minutes, ça nous laisse le temps de remonter à la surface.

Il crache la poussière qu'il vient de mêler à sa salive. Du revers de sa manche, Alma s'essuie la lèvre et prie pour qu'aucune marque de sang séché ne trahisse son moment d'égarement, puis elle saute de son cheval et s'approche de Danilo.

— Tiens-le-moi, alors. J'en ai pour deux minutes.

Pisser, enfin, accroupie sur les premières marches de l'escalier de ferraille qui descend à l'usine encore déserte. Elle en deviendrait presque aimable et elle oublie de vérifier par-dessus son épaule que Danilo ne s'est pas approché pour regarder, comme un vieux dégueulasse. Elle se retourne en se reboutonnant, avec une appréhension diffuse, mais non, personne ne se penche par-dessus la rambarde de métal.

D'un pas allégé, elle fend la masse duveteuse des poulains agglutinés autour d'une touffe d'herbe veloutée, et allonge la main pour récupérer la bride de son cheval. Danilo la lui tend mais la conserve bien serrée dans son poing, pour accrocher son regard :

— Et ta radio, elle a des piles ?

Elle perçoit une avidité dans sa question qui lui donne un avantage inespéré.

— Est-ce qu'el Manso attendrait une annonce de sa chérie en ville ? raille-t-elle.

D'un coup sec, elle lui fait lâcher la bride et remonte en selle, puis s'élance en tête sur la saignée qui lui fait penser aux remontées mécaniques de Bariloche.

— À ton tour de bouffer la poussière !

Un nuage poudreux accompagne la croupe de son cheval qui détale, et de l'herbe foulée s'élève un parfum mentholé.

8

Lorsqu'Alma se réveilla, sa mère était assise au bord du lit, occupée à peigner ses cheveux d'encre, à les faire briller passage après passage. L'odeur herbacée de sa peau s'éparpillait autour d'elle et la maison s'éveilla, baignée du parfum des hauts plateaux qui se dégageait de ses mouvements. Ses hanches larges et sa poitrine opulente lui valaient depuis l'adolescence le surnom de la Rechoncha*, dont elle s'accommodait avec bonne humeur. Alma aimait plus que tout enfouir son nez dans les replis de chair qui la préservaient de tout, même du tranchant des vents du Sud. Elle ne tenait de sa mère ni les joues rondes ni les bras dodus. Tout au plus partageaient-elles le goût du *pa:nXen*, le sang de guanaco figé que l'Ancienne préparait en y jetant du sel et des herbes amères.

— Comment est le vent ? demanda Alma en collant son petit nez au carreau.

— Chuintant, répondit la Rechoncha qui achevait de tordre en une lourde tresse les flots de sa chevelure.

Par la fenêtre, Alma voyait bondir le torrent, onduler les herbes longues de la plaine et galoper les

* La Dodue.

nuages dans le ciel mordu par les pics de la Cordillère. Le ronron continu de la turbine que son père avait installée contre la maison prenait au matin une tonalité nouvelle : de berceuse, elle se faisait aiguillon et Alma, à l'écouter, avait follement envie de courir le long du ruisseau qui dévalait la pente du mont Ga'woi.

— Où est papa ?

— Parti. Des pêcheurs en panne dans les gorges du *río*.

Alma s'étira et caressa pensivement le *quillango** qui lui tenait chaud lorsque le vent éventrait la nuit.

— Ils ont de la chance qu'on est là et que papa sait réparer les choses. Comment ça se fait qu'il sait tout ça ?

— L'armée. L'armée lui a appris.

— Elle est gentille. C'est bien, pour nous, que papa sait bricoler.

Avec un rire amer retenu en gorge, la Rechoncha jeta la brosse à cheveux dans le tiroir de la table et répondit :

— Elle n'est pas *gentille*. Rien n'est gratuit, Almita. Rien. Surtout pour nous.

Dans les yeux de la Rechoncha passa un orage qui dissuada Alma de demander des précisions. La petite fille préféra repousser la couverture, sauter dans ses habits de la veille et filer dans l'enclos tiède où les chèvres attendaient patiemment qu'on vienne les traire.

Accroupie sur la terre battue couverte des chapelets de crottes qui ressemblaient aux fruits flétris du *calafate*, Alma enfonça son petit visage encore

* Peau de jeune guanaco.

froissé de sommeil dans leurs longs poils chauds. Le matin, quand son père partait loin et que l'Ancienne était occupée à tisser, Alma pouvait rester des heures à murmurer ses histoires à l'oreille de Candida, la chèvre blanche dont les flancs se creusaient avec l'âge et qui ne donnait un chevreau qu'un an sur deux. Le temps s'étirait indéfiniment, tout juste borné par le cycle du soleil et celui de la lune.

On aurait pu penser que le territoire grouillait d'enfants libres et enthousiastes, mais non. Alma n'avait personne de son âge avec qui jouer, parce que les familles quittaient les lieux lorsque les enfants arrivaient à l'âge de partir à l'école.

À une époque, une solution avait été évoquée entre les adultes pour permettre aux familles de rester sur le territoire tout en respectant l'obligation qui leur était faite de scolariser leurs enfants. C'était Fernando, l'un des employés de l'*estancia* Mariposa, qui avait eu l'idée. Il passait régulièrement avec sa camionnette ravitailler un vieux *peón* perdu à deux jours de marche plus à l'est. La camionnette passait par le territoire une fois par semaine et il avait gentiment proposé, voilà des années, de déposer les enfants à l'école puis de les récupérer une semaine plus tard. Malheureusement, il fallait les loger sur place et les familles finissaient par quitter le territoire pour grossir la foule des déracinés du *campo* aux abords des villes. Tout était compliqué.

Les femmes, les premières, poussaient pour déménager. Les hommes suivaient en comptant bien revenir, mais les visites s'espaçaient inexorablement. Sur les douze maisons de planches et de tôles alignées le long d'un bandeau de terre battue, huit seulement étaient habitées. Malgré ce déclin qui semblait inévitable, les parents d'Alma demeuraient au pied du mont Ga'woi avec leur fille et l'Ancienne.

Le visage caché dans la tiède fourrure de Candida, Alma se rejouait les dialogues qu'elle surprenait le soir alors que tous la pensaient endormie. Ils démarraient toujours de la même manière et se terminaient par le même silence.

— Elle a l'âge, elle doit aller à l'école. Tu sais qu'on doit partir, disait sa mère.

— Si on part, tout le monde part, répondait son père. Et si la communauté meurt, tu sais ce que ça signifie. Il n'y aura pas de retour en arrière possible. Si on tient encore un peu, encore une petite génération, les gens vont réaliser. Ils vont revenir. Ils vont comprendre où est leur âme. Tu verras. D'abord les vieux, puis les jeunes. Le regard des gens va changer et nos enfants seront fiers d'être tehuelche.

— Si tu le dis…

Ce que les gens devaient comprendre exactement était un mystère pour Alma, mais elle sentait bien, en essayant de reproduire les inflexions des voix de ses parents, combien il y avait de désespoir dans celle de son père, et de lassitude dans celle de sa mère. Quant à l'Ancienne, elle l'entendait rarement parce qu'elle parlait peu. De moins en moins, d'ailleurs. Cela rendait fou son père qui voyait s'enfoncer dans un profond silence la mémoire de sa communauté.

La voix de la Rechoncha s'enroula autour de la maison pour venir la débusquer au milieu des chèvres. Le vent savait où la faire résonner pour qu'Alma l'entende, même lorsqu'elle se tenait cachée.

— Alma ! Le linge !

Avec un soupir exagéré, elle caressa une dernière fois Candida et quitta la tiédeur moite de l'enclos.

Le vent soufflait si fort qu'il la porta complètement dès qu'elle dépassa l'angle de la maison. Elle s'appuya contre les rafales, émerveillée comme chaque fois de se sentir debout grâce à une autre force que celle de sa propre volonté. Ça lui procurait la même ivresse que lorsqu'elle laissait sa main sortir par la vitre de la camionnette de Fernando : la main nageait dans l'air, plongeait et s'élevait à nouveau vers le ciel sous l'effet d'un tout petit mouvement de paume, comme une jeune truite.

Elle remonta la rue en passant devant les maisons. Avec l'abandon progressif de la communauté, le passage diminuait, l'herbe poussait haut au pied des façades et il n'était pas rare de trouver des *estrellitas* au milieu de la rue, là où elles n'auraient jamais éclos du temps où les chevaux tassaient le sol à longueur de journée. En plissant les yeux pour éviter que la poussière ne s'engouffre sous ses paupières, elle marcha jusqu'au fil à linge où la Rechoncha se tenait prête.

Alma s'approcha pour piocher dans le petit panier une pince qu'elle fixa sur la couture de la chemise de son père, pour ne pas faire de pli. Aussitôt lâchée, la chemise claqua sur le fil avec une fureur de drapeau. Quand la Rechoncha eut vidé le sac de linge mouillé, elle se recula, satisfaite de voir que rien ne s'échappait. Les pantalons, la *bombacha*, les draps épais faisaient une joyeuse guirlande entre les deux piquets profondément fichés dans la terre, devant la maison. Derrière leur danse désarticulée, Alma apercevait deux versants de montagnes se rejoindre, puis derrière encore, baignées d'une lumière bleutée, deux autres plus abrupts fermaient l'horizon. Entre elle et ces "V" en enfilade, il y avait un immense plateau qui semblait à Alma aussi vaste que le ciel. Il lui paraissait incroyable que l'école salésienne puisse se situer plus loin encore que le barrage insurmontable des montagnes qui bordaient son univers. Elle tira un pan du poncho de sa mère en pointant l'horizon du doigt :

— L'école est plus loin que là-bas, maman ?

— Elle est plus loin, mais elle n'est pas dans cette direction.

— Comment s'appelle cette direction ?

— Par là-bas, c'est le sud. La montagne qui fait le dos rond, c'est le mont Pewen.

— Et pour aller à mon école, on ne va pas au sud ?

— Pour commencer, si : on quitte notre vallée et on avance jusqu'au *río* Azul qu'il faut suivre longtemps pour sortir. La ville et l'école sont au bord de la steppe. Ça t'inquiète ?

— Non, ça me tarde. Ici, c'est un peu toujours pareil. Parfois il y a du vent, parfois non, parfois les chèvres sont gentilles, parfois elles sont énervées.

Son petit front plissé par la réflexion, Alma leva vers sa mère deux billes noires anxieuses :

— C'est important d'aller à l'école, tu penses ?

Avec un sourire étrange, la Rechoncha récupéra dans l'herbe une pince oubliée qu'elle jeta dans le petit panier, puis elle répondit :

— Oui. C'est le trait d'union qui nous permet d'entrer dans le monde des autres.

— Et papa ? Pourquoi il n'est pas d'accord ?

— Parce qu'à l'école salésienne, on apprend le chrétien. La langue des gens qui ont détruit les peuples natifs. Qui les ont brutalisés, soumis, niés. Et ton père ne peut pas accepter qu'on essaie de se fondre dans le monde qu'ils ont créé.

— Et il n'y a pas d'école où on parle aonekko, dans la ville ?

— Non. Mais il en existe où l'on parle mapudungun*. Les Mapuches sont plus nombreux, mieux organisés, ils se font entendre.

— Et pas nous ?

— Non. Pas nous. Nous, on est les "gentils sauvages", ricana la Rechoncha. C'est comme ça.

Il y avait dans les mots de la Rechoncha une fatigue et une résignation qu'Alma ne comprenait pas. Elle ne se sentait ni sauvage ni gentille et ne voyait pas pourquoi son désir d'aller à la rencontre d'autres enfants devait la soumettre à la désapprobation de son père. Peut-être que si la communauté avait été plus nombreuse, plus joyeuse, elle aurait compris que l'école ailleurs n'était pas nécessaire, mais en fait d'enfants, elle ne pouvait rencontrer dans la communauté que l'épouvantable Miguel, un gamin que l'école avait rendu sûr de lui et mauvais comme la gale. Il ne rentrait qu'aux vacances et Alma rasait les murs quand il errait entre les maisons à l'affût de quelque chose pour tromper son ennui.

Pas de chance, lorsqu'elle se détourna du fil à linge, Miguel était à quelques pas, poussant du bout du pied un caillou rond.

— Alors, la petite souillon, tu retournes voir tes chèvres ? T'as rien de plus intéressant à faire ? lança-t-il, son gros menton moqueur planté dans la graisse de sa gorge.

Elle préféra ne pas répondre, d'autant plus que Miguel mettait un point d'honneur à ne s'exprimer qu'en chrétien, même lorsqu'il s'adressait à ses

* Langue mapuche.

anciens qui le regardaient, désemparés, tandis qu'il riait de leur incompréhension.

— Oh, la bouseuse, tu me réponds ?

— Laisse-moi, marmonna-t-elle en essayant de le contourner pour parvenir à l'enclos.

— "Laisse-moi." Mais c'est quoi ce charabia ? Tu vas souffrir à Santa Christa, renifla-t-il avec mépris. Je ne comprends rien de ce que tu me dis. Personne n'utilise plus ces vieux mots. Ce sont des mots d'Indiens qui puent la chèvre, comme toi.

Deux larmes aussi dures que des cailloux du torrent lui meurtrissaient les yeux, elle serra les paupières aussi fort qu'elle le pouvait et baissa le front pour s'en faire un bélier, puis elle courut tout droit aussi vite qu'elle le put, tant pis pour Miguel s'il ne s'écartait pas. L'idée de lui couper le souffle d'un seul coup de sa tête dure lui donnait des ailes et elle fut presque déçue qu'il la laisse passer.

Le soir, lorsque son père rentra avec du cambouis sur son vieux pantalon et des billets crasseux qu'il posa sur la table, Alma se jeta contre lui. Le roulement régulier de son cœur et l'odeur d'essence qui s'échappait de lui l'anesthésiaient doucement. El Sabio* était un homme grand qui n'élevait jamais la voix. Elle aimait qu'il écoute chacun, demande leur avis à tous, hoche la tête avec gravité, puis annonce enfin l'opinion qu'il s'était faite. Comme il parlait sans agressivité, certains l'avaient cru faible ou influençable. Mais il était droit et inflexible ainsi que le bois du *roble*, une fois sa décision prise, et rien ne le faisait plus jamais dévier. Alma aimait cette rigidité chez lui, parce qu'elle était nette, claire et cohérente.

* Le Sage.

Avec son front haut, ses pommettes anguleuses et son nez bosselé comme s'il avait été mal ressoudé, son père dégageait quelque chose d'assuré et donc, de rassurant.

— Comment va mon Almita ? demanda-t-il en l'asseyant sur le haut de son genou. A-t-elle bien tissé avec l'Ancienne la ceinture aux motifs de sa famille ?

Alma baissa le nez. Tisser des heures dans le silence aux côtés de l'Ancienne l'ennuyait profondément. Quand elle pouvait y échapper, avec la complicité de sa mère, elle le faisait. Mais elle savait qu'à son retour, el Sabio saisirait son menton entre ses doigts et la regarderait jusqu'au fond des yeux avec une expression désolée qui lui serrait le cœur.

— Mon Alma, tu sais que l'Ancienne n'a plus beaucoup de temps devant elle pour t'apprendre.

— Et maman ? Elle m'apprendra, quand l'Ancienne sera morte.

Après un regard furtif vers la cuisinière devant laquelle la Rechoncha s'agitait, son père lui répondit :

— Maman ne sait pas. L'Ancienne de maman ne lui a pas appris. Et c'est pour ça que c'est très, très important que toi, tu saches. Parce que tisser fait partie de nos savoir-faire, de ce qui nous fait exister. Tisse demain, mon Alma, tu comprendras quand tu auras grandi.

Encore quelque chose qu'il fallait "comprendre", songea Alma, tout en se disant que si personne ne comprenait, c'était sans doute que c'était incompréhensible. Mais elle n'objecta rien parce que son père ne fléchirait pas, et elle promit de tisser le lendemain. Les longues heures à tirer le fil et à démêler les couleurs auprès de l'Ancienne renfermaient un sens caché que son père savait lire, elle voulait bien lui offrir ce petit motif de contentement.

Après l'avoir embrassée, el Sabio se leva et s'approcha de la cuisinière devant laquelle la mère s'agitait avec des gestes brusques. Elle avait dû entendre les explications du père au sujet du tissage et se sentir blessée qu'Alma soit informée de son incompétence, interpréta Alma. Sans un mot, el Sabio retira des mains de sa compagne le long couteau qui lui servait à découper les lanières de pâte à faire frire et se mit à cuisinier. L'odeur de la préparation jetée dans la graisse de mouton frémissante faisait monter la salive dans la bouche d'Alma. Le *facón* glissait sur le plateau de bois lacéré par l'usage et Alma trouvait le bruit berçant. Elle entendit son père poser le couteau, essuyer ses mains enfarinées sur l'arrière de son pantalon et plonger leur bouilloire noircie dans le seau tiré du ruisseau. Il la posa à côté de la marmite de graisse pour faire chauffer l'eau et se tourna ensuite vers la Rechoncha qui ouvrait une boîte de maïs achetée à Fernando lors de son dernier passage. L'arrivée de la camionnette faisait l'objet de longues discussions sur les denrées à acheter et celles dont il fallait se contenter de rêver. Une fois que sa mère eut terminé de retirer le couvercle coupant, le père prit la parole. Quelque chose dans le ton de sa voix fit lever le nez à l'Ancienne qui somnolait dans le coin de la pièce, sa bobine de fil sur les genoux.

— Demain, quelqu'un va venir, annonça el Sabio. Quelqu'un avec qui j'ai parlé par la radio.

Aucune des trois femmes ne dit rien, bien certaines que le père ne s'arrêtait que le temps de s'assurer d'avoir l'attention de chacune.

— C'est une femme de Buenos Aires. Elle travaille sur la langue et je l'ai invitée à venir dans la communauté pour nous enregistrer.

— Enregistrer quoi ? Ce qu'on raconte ? demanda Alma.

— Enregistrer nos mots, nos phrases, la musique de notre langue sur notre palais.

Les mains de l'Ancienne cessèrent immédiatement leur va-et-vient, et un hoquet lui échappa tout à coup. La vie de la maison avait habitué chacun aux bruits de l'âge qui jaillissaient parfois de l'Ancienne et Alma n'y prêta pas attention. Elle demanda, les lèvres retroussées sur ses petites dents de nacre et les yeux élargis par l'envie de comprendre :

— Pour faire quoi ?

— Pour qu'il ne soit pas possible d'oublier complètement, répondit el Sabio.

Rauque et grinçante, à la manière d'une turbine qui n'a pas tourné depuis longtemps, la voix de l'Ancienne emplit tout à coup la pièce.

— De Buenos Aires ? C'est une chrétienne ?

Le temps que l'air circule de nouveau dans les poumons gelés par la surprise d'Alma, du père et de la Rechoncha, l'Ancienne poursuivit :

— Elle va nous voler nos mots…

— Pas nous voler, elle va les écrire, corrigea el Sabio d'une voix moins assurée que d'habitude.

— Écrire notre langue, c'est nous déposséder, assena l'Ancienne avant de reprendre le mouvement de ses mains et de signifier par là que la discussion était close.

Mais le père était au moins aussi sûr de son fait que l'Ancienne l'était du sien et il inspira profondément.

— Pendant des centaines d'années, nous n'avons rien écrit, c'est vrai. Mais aujourd'hui notre histoire nous file entre les doigts et l'oubli va tout engloutir, parce que les derniers qui savent auront voulu tout garder pour eux.

Comme le brouillard monte au-dessus d'un lac, une pellicule floue recouvrit la pupille du Sabio et lui fit un regard lointain.

— À l'armée, j'ai vu des hommes pleurer parce que je leur adressais la parole dans une langue qu'ils ne connaissaient plus. Et malgré leurs efforts, semaine après semaine, leur palais ne voulait pas former les sons, leur langue restait maladroite. J'ai essayé de… (sa voix se chargeait de cailloux aigus, Alma en avait la gorge nouée) de leur rendre quelque chose parce que moi, je connaissais la langue. Mais ils ne pouvaient pas. Le chrétien avait pris toute la place depuis trop longtemps.

Une flamme noire au creux de la pupille, el Sabio plongea le regard dans celui de sa fille, puis il rapprocha son visage très près, si près qu'Alma put sentir l'odeur de sa sueur mêlée à son haleine de maté. Sa voix gronda plus bas que le bruit des éboulis dans le pierrier du mont Ga'woi :

— Alma, ta langue, c'est la maison de ton âme. Si tu l'oublies, tu n'as plus de foyer, tes pieds ne touchent plus la terre et ton esprit se met à errer. Il se crée un vide en toi que remplira aussitôt la culture de quelqu'un d'autre. Tu te perdras. Et on fera de toi ce qu'on voudra : un être docile et sans espérance.

Comme rien ne bougeait plus dans la pièce, ni les mains de l'Ancienne, ni le pied que sa mère agitait avec impatience depuis le début de la discussion, el Sabio conclut avec autorité :

— Elle s'appelle Magali, et elle arrive demain.

Les lèvres à peine desserrées, l'Ancienne marmonna dans la lueur tremblante de l'ampoule qui tressautait au bout de son fil :

— Des conflits, des larmes et de la rage.

Puis elle toussa et, dans sa poitrine, Alma reconnut le son du roulement à billes de la turbine.

9

Ivres de vent et d'espace retrouvé, les chevaux qui se sont engouffrés dans la saignée à la suite d'Alma s'égaillent sur le plateau. Le *río* qui gronde dans son lit est bien loin en contrebas et l'air vibre enfin d'un autre son que celui de l'eau travaillant inlassablement la roche. Danilo suit, paisiblement, tirant de temps en temps la corde qui le lie à sa mule de bât. Il aime l'énergie subite d'Alma. Il la perçoit comme la manifestation d'une joie vivante jusque-là tragiquement absente chez sa coéquipière d'*arreo*. Pas absente, finalement, mais enfouie, enfouie sous des couches de méfiance, d'angoisse, d'aigreur. Il a remarqué dès le début sur son visage ce pli d'amertume qu'on ne lit d'ordinaire que sur la figure des malmenés. Elle est tellement jeune et elle semble pourtant porter le poids d'une vieille âme. Il préfère ne rien dire, ne pas tenter de jeter entre eux un pont, comme on le fait habituellement avec les inconnus quand on est amenés à passer plusieurs jours ensemble. Il la laisse s'assouplir, se réchauffer peut-être, baisser la garde. Elle s'approchera si elle le juge bon. Il le souhaite parce qu'il est blessé pour elle de ces épines dont elle se caparaçonne.

Lorsque le cheval de Danilo pose enfin le pied sur le plateau, bien après que le troupeau s'est éparpillé sur l'herbe reverdie par les premières pluies d'automne, le feu crépite déjà contre un bloc de roche. Alma a les joues rosies par la claque du vent, elle semble remise de ses émotions et Danilo se prend à douter de l'avoir bien comprise. Peut-être qu'Alma est une fille des plaines et ne respire tout à fait que lorsqu'elle embrasse l'horizon. Le trajet dans les gorges n'est pas fait pour les claustrophobes. Il lui semble que le noir mat des yeux d'Alma s'est nettoyé, qu'il brille d'un éclat liquide. Dès qu'elle l'aperçoit cependant, elle se rétracte, comme si, sur ses yeux limpides, une fine membrane opaque venait de tomber. C'est de lui qu'elle protège le feu de sa joie. Elle s'étouffe et s'éteint dès qu'elle l'aperçoit. Danilo le remarque mais ne s'en émeut pas. Elle a ses raisons, certainement, et il compte garder ses distances tant qu'elle n'a pas décidé de s'ouvrir.

Le soleil est passé derrière la Cordillère depuis la moitié d'une heure, et même si le ciel reste clair pour une heure encore, il fait déjà froid. La mule est déchargée pour la nuit, le cheval dessellé et bouchonné pour que la sueur ne le refroidisse pas. Les sangles ont laissé sous son ventre une marque humide et Danilo frotte longtemps avec une poignée d'herbes dures, en cercles patients. Il sent dans son dos le regard d'Alma et ne peut s'empêcher de chercher des yeux son cheval à elle : est-ce qu'elle l'a soigné, est-ce qu'elle a cette attention pour l'animal qui l'a portée ? Bien sûr il ne dira rien, mais si elle malmène sa monture, il se sentira responsable et honteux de livrer à son client un cheval amoindri.

Une fois sa jument délassée, Danilo se redresse et frotte ses mains sur ses cuisses. Il cherche la jument d'Eliseo. Est-ce qu'elle s'est épuisée, est-ce qu'elle avait la ressource suffisante pour entreprendre l'*arreo* ? Certains chevaux ont la faculté de récupérer de leur fatigue au pas. D'autres n'ont pas le pied sûr et se crispent, s'épuisent, même en marchant. Il l'aperçoit derrière le muret rudimentaire qui les coupera du vent pour la nuit. Le plateau sur lequel ils ont grimpé est idéal : il est naturellement clos par les pentes des trois monts qui le bordent, le seul accès se fait par le pierrier dans lequel les pylônes se sont fichés comme des dards sur une échine. La ligne électrique continue son chemin face à la pente sud, elle escalade les flancs de la montagne et redescend derrière, vers Río Villegas. La jument d'Eliseo broute et semble en forme.

En plongeant une main dans la poche de son blouson bicolore, Danilo s'interroge. Pourquoi les maux du corps se réparent-ils tellement plus vite que ceux de l'âme ? Quand il voit ce cheval se retaper de son épuisement rien qu'en marchant et en croquant l'herbe dure du plateau, il ne comprend pas ce qu'il y a de tellement plus compliqué avec l'esprit et le cœur. Alors qu'il suffit de la caresse du vent, d'une bonne nuit de sommeil et d'un peu de vin de Mendoza pour se requinquer, les soins que réclament les plaies de l'âme ne sont jamais simples, ne semblent jamais suffisants. La cicatrice d'Eliseo continue à suppurer parce que c'est son amertume qui cherche à sortir de lui. Danilo le sait, l'âme a ce pouvoir de transpirer. Quand elle est malade, le corps le sent, elle exsude, elle traverse la peau, le vêtement, la carapace, et il faut bien plus qu'un torrent pour s'en nettoyer. Eliseo a quelque chose à laver de bien plus profond que son estafilade. Alma aussi, ça se lit dans son œil, dans la crispation de son épaule, dans le plissé de son visage.

Danilo sort son tabac, son briquet noirci et il roule, dos au vent. Il préfère se concentrer sur le mouvement de son pouce et de son index pour ne pas penser à la solution qu'il a choisie, lui, pour ne pas laisser sa souffrance l'infecter tout entier. Il a amputé, puis il a cautérisé et il a arrêté d'y penser. Mais depuis que l'eau monte, tout se dérègle. La cicatrice le démange, il sent que quelque chose repousse par-dessus le bourrelet qu'il avait cru endurci, définitivement inerte. L'odeur de fièvre dont Eliseo a rempli le *puesto* a réveillé sa mémoire. Quant au regard morne d'Alma, il plonge un harpon loin dans le calme profond de son monde intérieur, il accroche ce qui était bien enfoui et il remonte à la surface un gros morceau de douleurs compactes. Ça crée du remous, de la vague, du mouvement. Alors il approche sa main libre des flammes qui montent à l'abri du vent, pour éprouver au creux de la paume la brûlure qu'il voudrait apaiser au creux de son âme.

10

La main lui cuisait encore sérieusement. Danilo s'était entraîné tout le jour la veille du marquage des veaux ; il était tellement fier qu'à vingt ans et quelques on le laisse enfin tenir le lasso. Dans le calme austère du matin, il s'approcha du feu et partagea le maté qu'on lui présenta de la main droite ainsi qu'il convient. Les trentenaires parlaient du dernier match écouté à la radio. Ils faisaient partie de la vague de ceux qui reviennent, après avoir tenté leur chance en ville et, le plus souvent, échoué à trouver mieux que ce que proposait le *campo*. Danilo, lui, ne songeait pas à partir. Il se sentait à sa place depuis toujours dans les espaces infinis de la steppe, dans le grondement des troupeaux qui dévalent les Andes vers les prés d'hivernage, dans la poussière soulevée par le trot des chevaux. Il aimait le son de la langue qui claque, du fouet qu'on fait chanter au-dessus de sa tête avant qu'il ne fende l'air. Il aimait la passion des chiens, le balancement du pas de son cheval, la chaleur des *boleadoras** qui

* Arme constituée de trois cailloux recouverts de cuir et reliés entre eux par des lanières de manière à tournoyer lorsqu'elle est jetée et entraver la cible. Elle est utilisée pour la chasse aux autruches australes, les nandous.

roulaient le long de sa cuisse. Il aimait aussi le goût du jaune cru des œufs de nandous encore chauds qu'il savait dénicher près des sources. Il était taillé pour vivre dans le *campo* et n'aurait su vivre nulle part ailleurs. Les grands rassemblements qui rythmaient la vie des gens du pays lui étaient aussi nécessaires que la solitude absolue des mois d'estive. Le marquage des veaux, le dressage des poulains, l'*asado** à la fin de la tonte des moutons, toutes ces ruptures donnaient au flux des jours une saveur incomparable.

— Alors, content d'être à la manœuvre, Danilo ? lui lança un habitué de la *marcación***, un type buriné et large d'épaules comme de mains, qu'on disait amoureux de sa propre sœur, gardée au *puesto* à l'est de Los Repollos.

Avec une joie qui le brûlait de l'intérieur, Danilo hocha la tête. Il portait la *bombacha* depuis ses dix ans, le béret depuis sa naissance, et il ne lui manquait plus que la moustache qui tardait à se densifier. Il avait les yeux brillants et passa le maté avec une gravité tout adulte. Il terminait son contrat à l'*estancia* avant de reprendre l'activité de son père, où il n'aurait pas de veaux, mais une centaine de moutons bien à lui. Ils étaient les *gauchos* de leurs terres depuis un nombre de générations que personne ne savait chiffrer.

— Tu vas reprendre les bêtes, hein, on m'a dit, reprit l'habitué qui saisit sur le feu une boîte de conserve dans laquelle l'eau chauffait.

— C'est ça.

* Mouton grillé sur le feu, équivalent du méchoui qui désigne autant le plat que l'événement.

** Marquage du bétail au fer rouge, temps fort de la vie du *campo*.

— C'est courageux. Tu as entendu pour les Marquez ? Ils ont été chassés. Cinq générations au moins qu'ils occupaient tout le plateau du mont Pinto.

— Chassés par qui ?

— Les nouveaux propriétaires. Ceux qui ont payé, qui ont des titres. Les Marquez…

Il fit un geste de la main qui fouetta l'air, faisant tomber la cendre de sa cigarette.

— Mais comment ? Elle est à eux, cette terre, je les connais bien. Ils ont tout monté : les murs, les corrals… Leurs ancêtres ont tracé les voies de transhumance, ils ont creusé les fossés de drainage…

La voix de Danilo s'étrangla. Il connaissait les Marquez, il imaginait leur désarroi. Désarroi qui pourrait être le sien, un jour.

— Oh, mon pauvre, ça ne compte pas, ça. Ça ne compte plus. Une concession pétrolière, une *estancia* qui s'agrandit, les camions à faire passer… Ça te balaie tout ça plus vite qu'un vent catabatique arrache un toit pourri. L'État bitume la piste des ancêtres et l'éleveur doit poliment lever son béret quand il se fait klaxonner avec ses moutons.

Danilo baissa le nez. Des histoires comme celle-ci, il en entendait régulièrement. Avant les Marquez, c'étaient les Romero, et encore avant les Los Montes. Mais leur terre à eux, il lui semblait qu'elle était hors de portée de ce type d'ennuis. Trop isolée, trop loin des lignes électriques, de la route. L'altitude les protégeait. Et si l'on venait leur prendre les champs d'hivernage, en bordure de la rivière, il en achèterait d'autres, avec l'argent des brebis qui engraissaient sur le mont Pewen, au vrai cours de l'hectare et avec les vrais papiers.

— Et qu'est-ce qu'ils vont faire, les Marquez ?

— Se salarier, j'imagine. Ou transhumer jusqu'à la périphérie d'une ville, s'entasser avec des Mapuches sans territoire et des immigrés sans emploi.

— Aucun recours possible ? tenta Danilo, qui connaissait déjà la réponse.

— Et auprès de qui ? Le conseil agraire de la province ? Tu sais qui siège là-bas ? Que ce soit Perón, Lanusse ou Levingston qui mène le pays, ceux qui tiennent les rênes de nos vies ici au Sud, ce sont les *estancieros*. Les bons Allemands, les bons Belges, les bons Français qui font fortune ici depuis Roca. Si tu crois qu'ils vont appuyer une famille de *gauchos* incultes qui ne paie pas de taxes, tu rêves.

L'aigreur de l'habitué gâcha la joie de Danilo qui cracha le dernier trait de son maté dans la poussière pour trouver une contenance. Mais il avait vingt ans et ne pouvait imaginer que la disgrâce des autres puisse l'éclabousser. L'empressement brouillon des taurillons à s'engouffrer dans le couloir de contention lui fit de nouveau battre le cœur et il tâta à sa ceinture la lourde boucle du lasso dont il avait éprouvé la souplesse à s'en faire saigner les doigts la veille.

Depuis ses quatorze ans, il avait sa place dans le corral, mais au sol, pour manger la poussière et esquiver les coups des veaux paniqués qu'il fallait saisir au coin de l'aine pendant qu'un compagnon lui maintenait la tête sous son tibia. L'un et l'autre se lançaient ensuite un regard appuyé, "Prêt ? Prêt", et le jeune taureau se trouvait brusquement retourné sur le sol, neutralisé et suffisamment vulnérable pour se voir appliquer au fer rouge la marque de l'*estancia*. En deux heures et demie, ils en marquaient cent cinquante. Le second du contremaître, lorsqu'il s'approchait pour encocher l'oreille gauche des veaux, ne manquait jamais de leur donner une tape sur l'épaule, pour chaque veau retourné et marqué.

Les bras courbatus, les cuisses marquées de bleus, le dos en compote appartenaient au passé. Pour son dernier marquage avant de devenir indépendant, Danilo serait au lasso, perché sur une jument au pied sûr, ardente et sensible, qu'il avait mise sur la main à force de patience.

Quand il l'enfourcha, la jument mâchait son mors avec application. Il la mena jusqu'aux deux poteaux entre lesquels il fallait passer le lasso une fois le veau entravé, afin de le bloquer avant que l'animal ne se redresse. On avait raconté à Danilo des histoires de veaux à terre qui se relevaient et tiraient avec une puissance décuplée par la panique, jusqu'à arracher le lasso des mains du cavalier. On évitait ces déconvenues en utilisant comme cran d'arrêt les deux poteaux plantés au milieu du corral.

Les deux heures suivantes filèrent dans un fracas de beuglements aigus, de masse qui tombe à terre la tête la première, de cris d'encouragement. Danilo se sentait pris dans un tourbillon d'adrénaline et de bonheur. Il ne ratait aucun lancer. On lui adressait des sifflements admiratifs lorsqu'il frôlait les palissades contre lesquelles trois anciens se tenaient, un pied glissé entre deux planches et un coude passé par-dessus.

À 11 heures enfin, alors que le soleil de décembre faisait tomber sur le corral et les veaux devenus dociles une chaleur d'enclume, on s'arrêta. La poussière retombait doucement sur le sol. Les quartiers de moutons qui grésillaient sur les braises faisaient s'élever au-dessus des têtes une fumée odorante. On se tendait le maté autour du feu. Deux *peones* adossés au camion rouge d'un transporteur sortirent chacun une guitare plus ou moins bien accordée et se mirent à chanter une complainte d'amour déçu : l'histoire inlassablement répétée de la fille à plusieurs amants. Dans ce coin du monde où le déséquilibre démographique offrait aux femmes un choix immense et le luxe d'être difficiles, c'étaient les hommes qui soupiraient.

Danilo, incapable de s'asseoir tant le sang lui courait vite dans les jambes, se tenait près de la radio autour de laquelle s'était formé un cercle attentif. Sur fond de *folklore**, on écoutait les nouvelles du *campo* : mariages annoncés et reportés, moutons mélangés avec ceux d'un *arreo* parti plus au Sud, emprunts de tronçonneuse, besoin d'aide pour cause d'entorse, demande de bras supplémentaires pour une *marcación* qui traînait en longueur... L'introspection n'était pas le fort de Danilo, il ne vivait qu'au présent, mais à cet instant, l'odeur de l'*asado*, la musique plaintive en fond sonore, le brouhaha des commentaires des *peones* et la chaleur sèche de l'été lui assenèrent un coup à l'estomac. Il se trouva brutalement projeté hors de lui-même et fut capable d'embrasser l'instant dans toute sa beauté, toute sa simplicité, par la grâce d'une dilatation de l'esprit et du cœur impossible à décrire avec des mots.

Au même moment, un murmure parmi les hommes lui fit reprendre pied.

— Amis, c'est l'eau fraîche qui nous arrive ! Place à Rosa ! lança l'habitué.

Les ouvriers agricoles gris de poussière s'écartèrent et laissèrent passer une fille en débardeur et

* Musique populaire d'Amérique du Sud.

jean effrangé à mi-mollet, qui poussait dans une brouette trois bidons d'eau tirés de la rivière. L'eau était si fraîche que le plastique était couvert de gouttelettes de condensation. Quand elle lâcha les montants de la brouette, essuya la sueur qui lui coulait le long des tempes, leva les yeux sur les hommes et arrêta son regard sur Danilo, il comprit que sa vie allait infiniment se compliquer.

11

La viande s'égoutte de sa graisse au-dessus du feu. L'odeur de mouton grillé amène dans la bouche d'Alma une salive salée. Sans mouvement inutile, Danilo tourne la tige de métal à travers laquelle il a passé le quart de côte. Le gras qui tombe sur la braise fait jaillir de brèves flammes crépitantes vite maîtrisées par une giclée d'eau.

— On en a pour combien de jours, de ton mouton ?

— Avec ce que j'ai salé, je dirais trois jours, si tu n'as pas trop d'appétit, répond Danilo qui se frotte le front du dos de la main.

La chaleur du feu le rend luisant comme un morceau de couenne. Il a les ongles ras et noirs, le poil blondi par le soleil. Ses cheveux bruns collés sur le front par la transpiration gardent la marque du tour de béret. C'est lui qui a prévu l'intendance des premiers jours, le temps que leur convoi sorte du désert humain et qu'ils se fassent recevoir chez les uns et les autres le long de la route. C'est la solidarité du *campo*, qui rappelle à Alma une forme d'entraide dont elle a bénéficié elle aussi, un partage entre miséreux qui ne peut pas s'éterniser parce qu'il pèse lourd sur celui qui se montre généreux. Quand vient la saison des *arreos*, les chevriers gardent une botte de foin et un morceau d'épaule dans le sel en prévision des hôtes de passage. Ils reçoivent en échange une assurance-vie : la certitude de trouver à une demi-journée de cheval un peu d'essence pour faire redémarrer leur pick-up, une chaîne neuve pour leur tronçonneuse ou des piles pour leur radio.

Ils se tiennent assis autour des flammes, l'un et l'autre fourbus, jambes écartées pour laisser le dos se courber entre les genoux repliés. Alma sent l'odeur de sa sueur remonter par l'échancrure de sa chemise. Elle s'est démenée pour faire entrer dans l'enclos la jument fatiguée, celle qui n'a pas de poulain et qui avait très envie de brouter ailleurs. Ils ont trouvé la barrière du corral arrachée par le vent, probablement mal rattachée par le précédent usager, *peón* ou *gaucho* de passage. Alma penche pour un *peón*, car un salarié n'a pas le même souci que l'indépendant, il oublie avec plus de facilité combien une barrière arrachée coûte à celui qui doit la réparer. Danilo a dû dérouler son lasso, une pièce magnifique dont elle a admiré entre ses paupières le tressage régulier, le boutage* invisible entre les lanières, la souplesse travaillée au gras. Il a comblé les manques de la barrière sans dire un mot puis s'est affairé à faire prendre le feu alors qu'une bruine dense commençait à mouiller le bois.

Danilo sort de son étui le long couteau qu'il porte dans le dos, accroché à la ceinture et découpe entre

* Technique qui consiste à rendre invisible le fait que l'ouvrage s'interrompt lorsqu'une lanière arrive au bout. L'artisan habile continue avec une deuxième lanière en dissimulant l'interruption "bout contre bout".

les côtes deux morceaux de mouton dont il pique le plus gros pour le tendre à Alma par-dessus le feu. Alors qu'elle mord dedans à pleines dents, il dit :

— Si on se serre un peu, j'ai une bâche à étendre pour se faire un abri.

La viande qu'elle mâche avec bonheur perd alors toute sa saveur.

— Si c'est une manœuvre pour m'attirer contre toi, c'est raté. J'ai ma propre bâche.

Il a l'air presque choqué qu'elle regimbe. Si elle regrette une seconde de l'avoir mal jugé, elle n'en laisse rien paraître, lèche le gras qui lui coule le long du poignet et enfonce le clou :

— À ton âge, tu devrais avoir honte, *che*.

Puis elle se détourne et se lève, dos au feu, fait quelques pas puis détache de la mule la pelle à manche court que Danilo a emportée et creuse un peu plus loin un trou dans lequel elle jette ses os. Elle regrette un peu de ne pas les donner aux chiens mais on ne sait jamais s'ils vont terminer ou pas. On lui a déjà parlé de renards venus pendant la nuit finir les restes de convoyeurs imprévoyants. Une fois appâtés, ils ne se contentent pas des os. Ils mâchent les sangles, les brides, tout ce qui est fait de cuir et sent l'animal. Le convoi se trouve alors immobilisé en pleine montagne ou au milieu de la steppe parce que rien ne peut plus tenir sur le dos des chevaux : ni les sacoches ni les selles. Les chiens sont de bons gardiens, mais le renard arrive quand même à les déjouer grâce au sens du vent qui parfois lui est favorable. Elle recouvre son petit trou de terre, tasse à coups de talon. Elle y met un peu de sa colère contre elle-même, tape plus fort que nécessaire, puis elle revient vers la mule. La bête porte encore sur le dos les ballots de peaux et les sacoches bourrées à craquer de Danilo. Il lui a tout de même retiré le foulard qu'il lui avait noué sur les yeux et la légère cage à poules, mais elle patiente, toujours chargée des lourdes sacoches, pendant que lui fait rôtir son dîner. Alma la caresse et décharge les trois monceaux de bagages, un ballot à droite, un à gauche, un au-dessus. Lorsqu'elle desserre la sangle, la panse de la mule s'élargit d'un coup, elle n'attendait que ça, la pauvre bête, pour faire aller son transit, respirer librement et se délasser les flancs. Elle vit sans se plaindre comme une corsetée du XIXe siècle.

— Ça cause ! avertit Danilo qui tourne la molette de son de la radio.

Elle laisse la mule qui s'agite, revient auprès du feu, s'assied et écoute.

*Salut à tous, à ceux qui dorment sous la lune, à ceux qui boivent le maté au coin du feu, salut à tous ceux qui commencent l'*arreo, *c'est Fernando sur Bolsón 213 et je vous lis comme d'habitude les annonces du soir. On reste ensemble de 21 heures à 21 h 45. Si nous recevons des messages supplémentaires avant 21 h 30, j'essaierai de les lire à la fin.*

"Manuela Guttierez demande à Raúl d'envoyer l'argent pour le mariage, sinon le marié ne viendra pas."

"Esperanza rappelle à Jorge, du puesto *Huemul, qu'il a rendez-vous chez le dentiste dans deux jours, docteur Diaz à 11 h 30 boulevard Roca."*

Autre annonce :

"On t'attend dans trois jours au point convenu. On a le chauffeur, on cherche le fourgon. Si imprévu, il faudra alors retarder toi aussi, reste à l'écoute, de la part des frères Piñera."

*"Joyeux anniversaire à notre ami Theodoro qui a commencé l'*arreo *à partir du mont Moreno, nous t'attendons pour l'*asado*, de la part de Jorge el Viejo, Martín et Paulino ton cousin."*

La tête baissée sur ses bras croisés, Alma acquiesce pour elle-même. Derrière le balai de sa frange, elle entrevoit Danilo qui bascule en arrière sur un coude. Il semble se détendre, comme la mule. Dans la longue litanie des annonces, il a puisé quelque chose de rassurant. Quant à elle, elle se sent durcie par l'adrénaline qui lui court dans le corps. Chaque chose se met en place, elle n'a plus le luxe de douter car elle est hors de portée, ou plutôt c'est le reste du monde qui est hors de portée. La machine s'est mise en branle, les annonces lui ont confirmé qu'elle n'avait plus qu'à accomplir sa part du boulot : faire en sorte que tout continue sans accroc.

Avachis autour du feu qui claque et fait jaillir des gerbes d'étincelles quand le vent s'engouffre sous les branches sèches, Danilo et elle sont l'unique présence humaine à des kilomètres à la ronde. Il devrait se nouer une forme de connivence par la force de la solitude à deux, mais elle ne veut pas, s'en défend et préfère encore la colère. Pour une fois, le ciel au-dessus d'eux est parfaitement dégagé. La lumière piquante de la multitude d'étoiles remplace le feu glacé de la lune qui n'est pas encore sortie de derrière les montagnes. La nuit est totale et vide. Il n'y a pas d'autre son que celui des branches qui éclatent sur la braise ni d'autre bruissement de vie que celui des chevaux qui se frottent les flancs. Pas d'oiseau nocturne, pas de souris qui se faufile sous les feuilles, pas de renard qui pousse son hurlement d'égorgé. Il n'y a que la masse de la pierre nue, le chuchotis des herbes et l'affolante immensité de l'obscurité.

L'eau mise à chauffer dans la bouilloire bosselée de Danilo commence à fumer par le bec. Il sort sa gourde et y jette une pincée d'herbes amères, observe les feuilles sèches s'imbiber, puis il nettoie sa *bombilla* : deux aspirations, l'eau crachée par-dessus l'épaule. Ensuite, il lui tend le maté. Elle fixe son attention sur le feu, fait mine de ne pas voir la main tendue, et Danilo retire alors son offre. Il boit sans trop de bruit, aspire à petits coups, pensif. Alma sort alors sa propre gourde, souffle dans sa *bombilla* et se penche pour attraper l'eau chaude. Boire son maté chacun de son côté, c'est un truc de *gaucho* asocial et, si dans certains cercles cela peut passer pour un affront, elle se dit que Danilo ne va pas se formaliser outre mesure. Et quand bien même. Si elle peut éviter la création de ces invisibles liens qui créent des dettes d'estime, elle préfère.

— Manuela Guttierez n'est pas près de se marier, énonce Danilo.

— Qui ?

— La fille qui demande à Raúl d'envoyer l'argent.

— Tu la connais ?

— Non. L'an dernier, elle a demandé pareil et Raúl n'a pas envoyé d'argent. Raúl, c'est son frère. Il a repris l'élevage à la mort du vieux et il ne donne rien à Manuela. Comme elle est jolie encore, elle trouve de nouveaux amoureux, mais un jour elle aura lassé tout le *campo*.

Les problèmes de Manuela Guttierez laissent Alma de marbre. Les annonces de Radio Bolsón sont la gazette du *campo*, celui qui les écoute depuis des années connaît les aléas de la vie de chacun. Les discussions à la *pulpería* complètent les informations elliptiques : pourquoi l'*estancia* Mariposa a du mal à recruter pour la tonte ? Parce que le contremaître boit la paye des ouvriers. Pourquoi Jorge a-t-il des rendez-vous réguliers chez le dentiste ? Parce qu'un charlatan lui a vissé une fausse dent à prix d'or et que la gencive enfle en permanence. Alma ne s'est pas encore plongée dans ce jeu de reconstitution. Elle garde ce recul des gens de la ville exilés au *campo* pour d'obscures raisons. Les problèmes de dent de Jorge ne la passionnent pas, pas encore. Elle n'a pas bu assez de solitude pour s'y intéresser. Ce qui l'intéresse, c'est le décompte des jours, c'est de sortir des gorges dans lesquelles elle n'a aucune envie de replonger demain.

Danilo se lève et s'éloigne du feu. Il rejoint la mule qu'il détache et la pousse dans le corral avec les chevaux qui dorment debout, les flancs pressés les uns contre les autres. Puis il ouvre une de ses sacoches et en remue le contenu.

— On a assez de maïs pour tenir jusqu'à la *pulpería*, dit-il, satisfait. Il ne faut pas prendre de retard, quand même. On part tôt demain.

La hâte de Danilo arrange bien Alma, elle n'écoute pas le petit pincement de culpabilité qui lui agace le sein, préfère se lever elle aussi, tirer de sous sa selle deux peaux de mouton qu'elle frappe l'une contre l'autre pour en faire sortir la poussière. Puis elle déplie sa bâche et l'étale par terre. La bruine s'est arrêtée, le sol est mouillé mais elle s'impose de dormir sans replier sur elle les pans de sa toile de polypropylène. Ça gêne son sommeil d'entendre le plastique crisser dès qu'elle bouge. Elle sort de sa sacoche la brosse à dents et le dentifrice, frotte et crache dans la nuit, puis se rince la bouche avec l'eau tiède qui reste dans la bouilloire de Danilo. Avec un coin de tissu propre elle se rince la nuque, le dessous des seins et des bras en passant la main sous sa chemise. Elle n'ose pas faire plus. Danilo s'installe de l'autre côté du feu et elle ne sait pas évaluer à quelle distance il faudrait qu'elle s'éloigne pour ne plus être visible à la lueur des braises. Puis elle s'étend habillée sur les peaux, pose la tête sur sa selle et s'enroule dans son poncho. Danilo jette dans le feu deux grosses branches qu'il tire du tas mis à l'abri par un autre *gaucho* en prévision de la saison de transhumance.

— Demain, j'irai chercher de quoi recharger, marmonne Danilo.

— Recharger quoi ?

— Le bois qu'on brûle. On le remplace pour les suivants. C'est ton premier *arreo* ?

Non, ce n'est pas le premier, mais c'est certainement le dernier. Pour éviter de répondre, elle grommelle et empoigne le bord du poncho qui lui monte dans le cou pour le resserrer. Du pointu de la hanche, elle cherche un creux qui lui donne l'impression d'être bien installée, déroule et enroule ses vertèbres pour se construire un repli dans la poussière du sol, se bauge, en fait, et grogne presque de bonheur quand elle est parvenue à accumuler à coups de reins une petite bosse qui lui épouse le flanc. Elle oublie le regard de Danilo qui l'observe peut-être de l'autre côté du feu. Un bref coup d'œil jeté au ras de son poncho lui apprend qu'il ne s'occupe qu'à faire de même : retirer du bout du pied les cailloux saillants, étaler les peaux sur le sol, dénouer les jambières fauves qui lui font bouffer le pantalon au-dessus du genou mais garder ses chaussures, puis s'enrouler sur le sol dans son poncho brun aux motifs devenus indéchiffrables. Le bois brûle en fumant beaucoup, Danilo marmonne et s'étire pour atteindre du bout du pied la branche qu'il repousse d'un coup sec. L'oxygène circule mieux et les flammes s'élèvent, moins chaudes que la braise, mais plus gaies. Presque aussitôt après avoir posé la tête sur l'un des tapis roulés de sa selle, Danilo s'abîme dans le sommeil. Un bourdonnement sourd s'élève de son corps immobile, sur deux tons, et Alma se plaque le coude contre l'oreille pour se couper du son.

12

Lorsque le vrombissement du moteur de la fourgonnette de Fernando émergea de derrière l'horizon, toute la communauté se massa sur le seuil des maisons. La nouvelle de l'arrivée d'une universitaire s'était répandue le matin comme une traînée de poudre et, ainsi que l'Ancienne l'avait prévu, le projet divisa immédiatement. La bouche barrée d'un pli de désapprobation, la plupart des femmes croisaient les bras sous leur maigre poitrine. Les hommes revenus du service militaire avaient un avis plus mesuré. Quant aux très vieux, ils se contentaient de hocher la tête et de suçoter leurs lèvres aspirées à l'intérieur de leur bouche à travers les trous béants de leur denture. Aucun d'entre eux ne se sentait l'âme militante comme celle du Sabio, mais la curiosité les poussait dans la rue comme une piqûre d'insecte fait avancer la mule.

Sans se douter de l'effet qu'elle produisait à cet instant, ou bien attentive à masquer la conscience qu'elle avait de créer de multiples remous, la jeune femme tant attendue ouvrit la portière et se glissa hors de la camionnette grisâtre. Elle s'étira dans le soleil et passa la sangle de son sac sur son épaule. Alma n'avait jamais vu une peau aussi lisse, une bouche aussi rose, des couleurs de vêtements aussi vives. Elle adora Magali immédiatement.

On aurait pu entendre voler une mouche, si les chèvres n'avaient pas entonné au même moment une sorte de concert de bienvenue. Dans la poussière, le vent créait de joyeux tourbillons qui faisaient tousser les anciens et pleurer les adultes. Magali se noua sur le nez un foulard rouge et un commentaire murmuré de porte à porte parcourut la rue. Alma brûlait de quitter l'abri des cuisses rebondies de la Rechoncha, mais sa mère la tenait en arrière d'une main ferme.

Les yeux plissés par le vent et par un sourire que camouflait son foulard, Magali remercia Fernando et se dirigea vers la première maison. Une de celles qui étaient abandonnées et dont la porte arrachée était plus ou moins barricadée à l'aide de débris de palettes et de pneus éventrés. Le pas hésitant, elle s'approcha puis, à la vue des poules qui prospéraient à l'intérieur de la bicoque, elle recula et se retourna vers Fernando qui sembla lui adresser un signe d'encouragement. Alors Magali se tourna vers eux, vers les gens de la communauté, vers ceux qui devaient l'accueillir le temps de sa mission et avec qui elle avait parlé de radio à radio. Mais personne ne bougea. Elle se passa une main dans les cheveux, fit mine d'avancer vers la deuxième maison, celle des Flacos*, qui reculèrent aussitôt et refermèrent leur porte.

Alma aurait voulu courir dans la rue et la tirer par le bras jusque chez eux, mais le père faisait devant elle un barrage massif.

* Les Maigres.

— Laisse, Alma. Il faut que tous la voient. Il faut qu'elle comprenne où elle vient d'arriver.

Puis avec un geste d'apaisement, il ajouta :

— Ne t'inquiète pas, quand il sera temps, j'irai la chercher.

Comprenant peut-être le genre d'examen auquel elle était soumise, Magali ne chercha pas à avancer vers une autre maison. Elle posa sur le sol craquelé son sac, écarta les pieds et déporta son poids sur la hanche gauche. Puis elle défit le nœud de son masque, pour que tous la voient, puisque tous l'observaient. Et elle sourit. Une imperceptible onde de soulagement se propagea. Alma n'aurait su expliquer ce qui, dans le maintien ou l'attitude des voisins, changea, mais l'atmosphère tendue s'allégea soudain.

El Rubio* se détourna lentement et rentra chez lui, sans fermer sa porte. La mère de Miguel attrapa un panier et sortit dans la rue, frôla presque Magali avec un signe sec du front qui tenait davantage du coup que du salut, puis elle se posta à l'arrière de la camionnette de Fernando en attendant qu'il l'ouvre et lui propose de choisir sur les étagères branlantes de sa minuscule épicerie. Les autres s'ébrouèrent et sortirent petit à petit de cette posture qui semblait avoir glacé d'un seul souffle toute la communauté. C'était le dégel.

Avec un demi-sourire, el Sabio attrapa la main d'Alma, puis il s'approcha de Magali dont la peau se couvrait petit à petit du film de poussière qui les ternissait tous et il dit en chrétien :

— C'est avec moi que tu as parlé. Bienvenue.

— Merci de ton accueil. Et de ta confiance.

* Le Blond.

C'est ainsi que Magali fit son entrée dans la communauté, un orteil à la fois, armée de sa patience et de son outil à capturer les voix.

Huit mois plus tard, alors qu'Alma tentait de faire tenir debout une poupée de chiffon que lui avait apportée l'universitaire lors de sa première visite, un bourdonnement étonnant s'approcha des maisons, s'engouffra par la fenêtre fermée, remonta le long du toit et décrivit un cercle au-dessus du village. Un son d'insecte énorme, plein de rage. D'abord pétrifiée alors que le bruit inconnu était à l'approche, l'œil vif et l'oreille en alerte qui cherchait à associer le son à quelque chose de familier, Alma se pelotonna avec un gémissement contre le pied de la table quand le son devint assourdissant. L'air tremblait, emplissait toute la maison d'une pulsation maléfique qui lui faisait monter le cœur dans la gorge. Un bras replié au-dessus de la tête, elle se balançait d'avant en arrière, deux larmes minuscules et brûlantes lui mouillaient le bord des paupières. Elle pensait mourir, elle pensait que le mont Pewen se mettait à cracher de la pierre brûlante comme des millions d'années plus tôt, elle pensait que la vibration qui lui faisait résonner les côtes allait lui broyer les os du crâne. La main ferme de sa mère lui accrocha l'épaule.

— Ce n'est pas dangereux. Alma, écoute-moi, tu ne risques rien.

— Ce n'est pas vrai ! C'est la mort qui arrive !

— Ce n'est pas la mort, c'est un hélicoptère. J'en ai déjà vu. Viens près de la fenêtre, tu vas voir.

Secouée de spasmes, la pauvre Alma ne se sentait ni la force ni le courage de quitter le dessous de la table qui lui offrait un semblant de protection.

Elle résista tant qu'elle put à la traction de sa mère qui finit par l'emporter dans ses bras jusqu'à la vitre.

Sur le ciel d'un bleu laiteux se détachait un étrange animal à grosse tête qui portait ses ailes au-dessus du crâne. Les ailes tournaient si vite qu'Alma les distinguait à peine. L'animal restait figé en vol stationnaire. Le fait d'associer une image au son terrifiant qui emplissait l'air permit à Alma de circonscrire sa peur. Elle se sentit presque aussitôt libérée de la panique qui était née de l'impossibilité, pour elle, d'associer ce bruit à quelque chose de concret.

— Qu'est-ce que c'est, cette bête ?

— C'est un avion qui a des ailes qui tournent. Ce n'est pas vivant. C'est une machine.

— Qu'est-ce qu'il fait chez nous ?

La Rechoncha serra les lèvres et secoua la tête.

— Rien de bon.

L'hélicoptère reprit de la hauteur et s'éloigna. Alma et son père sortirent sur le pas de la porte et suivirent des yeux le gros engin métallique qui accrochait la lumière du soir.

— Il va au sud, soupira Alma.

— Il n'était pas ici par hasard.

— S'il reste sur l'autre rive du *río* Azul, on ne risque rien, non ? On ne va jamais de ce côté. Il y a le *gaucho*.

Le silence de sa mère ne la rassura qu'à moitié. Dans l'esprit d'Alma et de toute la communauté, le *río* Azul coupait la vallée d'altitude en deux territoires autarciques qui ne dialoguaient jamais. La famille d'éleveurs vers laquelle se dirigeait l'hélicoptère avait ses propres pistes qui piquaient plein sud. Pour rejoindre la ville, ils empruntaient les gorges du *río* Azul. La communauté d'Alma était tournée vers le nord et avait l'habitude de rejoindre la vallée d'El Bolsón en empruntant les gorges moins accidentées d'un affluent. Les communications étaient naturellement tournées vers les communautés mapuches qui gravitaient autour de Mallín Ahogado. À aucun moment, Alma ne put imaginer que l'hélicoptère contenait de quoi bouleverser leur vie autant que celle de l'autre rive.

L'ensemble de la communauté se retrouva dans la rue, une main sur les yeux pour mieux distinguer l'hélicoptère qui se posait au loin sur le flanc du mont Pewen.

Debout dans la rue, Magali tenait encore à la main le petit objet qui lui permettait d'enregistrer les voix de tous ceux qui voulaient bien parler. Comme l'avait prévu l'Ancienne, la moitié de la communauté s'était refermée comme une huître dès qu'elle était arrivée, avec ses cheveux lisses de fille de la ville et son vocabulaire de *Qade**. Elle se tapotait la lèvre avec l'index et le majeur joints. Alma s'approcha d'elle.

— Tu as déjà vu cette machine ? C'est un hélicoptère.

— Je sais, Almita. Je connais.

— Tu sais ce qu'il vient faire ici ? demanda Alma, pleine d'espérance.

— Je ne suis pas sûre. Je dois parler à des gens.

Le soir, la joue enfouie dans les poils doux de son *quillango,* Alma lutta longtemps contre le sommeil pour capter des bribes de la conversation entre son père et Magali. La Rechoncha et l'Ancienne restaient silencieuses, pressées contre la cuisinière à bois.

— Il s'agit d'un repérage, je pense, murmura Magali. L'État et les provinces de Río Negro et de Chubut montent un projet d'indépendance énergétique. Ils

* Blanc, sans connotation négative particulière.

veulent construire trois barrages hydroélectriques sur les flancs des Andes pour alimenter en électricité les villes et les concessions minières et pétrolières du Sud.

— Un barrage… ici ? répondit son père.

— Si c'est bien ce que je crois, c'est à l'étude. Ils ont dû déposer une équipe de géologues, topographes et hydrologues pour analyser les sols, comprendre les pentes, estimer la surface du bassin versant…

— Comment tu connais ces choses ? coupa le père. Est-ce que tu travailles avec ces gens ?

La voix de son père avait changé et Alma comprit qu'il se méfiait.

— Je vis avec un ingénieur qui crée ce genre de projet à l'étranger. En Chine. Je connais les étapes.

— Et s'ils décident de s'implanter ici ? Dans notre vallée ?

— Ça peut prendre des années, le rassura Magali, on a du temps devant nous pour s'organiser.

— Organiser quoi ?

— Une résistance, comme au Chili. Ils ont réussi à faire annuler le projet.

Le son d'un pied traîné sur le sol, de la gourde de métal posée sur la fonte, un toussotement de l'Ancienne, puis el Sabio reprit :

— Ils vont nous chasser ? Ils n'ont pas le droit. J'ai payé pour ce terrain, j'ai acheté ma maison et deux autres encore. Celle que je loue à la Muda*, elle sera pour Alma. J'ai les papiers de l'État. J'ai travaillé pour être chez moi.

— Ils vont vous proposer des solutions de relogement.

* La Muette.

— Alors la communauté va mourir, murmura le père. Ici, la moitié des gens seulement comprend l'importance de maintenir une société tehuelche. L'autre moitié rêve de vivre autrement. Pour eux, le relogement sera une opportunité. Nous allons nous diviser. Nous sommes déjà divisés.

Magali posa sur la lourde main du père sa jolie main fine. Il n'y avait pas grand-chose à répondre, même Alma, du fond de son petit lit, le comprenait. Pour résister à des gens qui peuvent envoyer des hélicoptères jusqu'ici, il fallait faire front commun. La Rechoncha remit une bûche dans la cuisinière et s'approcha.

— La vie change. Résister pour que rien ne bouge, c'est comme vouloir que l'eau du *río* ne coule pas. Nous pourrions mieux assurer l'avenir d'Alma si nous nous installions plus près d'une route.

Avec dans la voix une amertume qu'Alma ne lui connaissait pas, son père répondit :

— Et que crois-tu que nous allons trouver "plus près d'une route" ? Des taudis, des rats, la violence de tous ceux qui découvrent qu'ils sont venus se fourrer dans un cul-de-sac. Alma sera violée par ceux qui dictent les règles du *slum**, tu t'épuiseras à travailler de nuit et je m'abrutirai d'eau-de-vie pour oublier que nous avons renié tout ce qui était beau en nous. Nous deviendrons vermine sans retour possible.

Il soupira et regarda Magali avec une expression désolée.

— Même les familles ne parlent pas d'une seule voix. Comment veux-tu qu'on lutte ?

* Bidonville.

13

Le bruit de l'aspirateur couvre les premiers coups frappés à l'huis, si bien que lorsque Sandra ouvre la porte, Benoît fait un bond.

— Tu es bien méticuleux, ricane-t-elle en rabattant dans son dos sa capuche ruisselante.

— J'aime bien quand c'est propre, répond platement Benoît.

Depuis qu'il sait que sa collègue fricote avec l'Ingénieur, il ne parvient plus à se détendre vraiment en sa présence. Il s'en veut terriblement d'avoir été assez bête pour tenter des approches, avec sa gaucherie habituelle, et il préfère se réfugier dans le souvenir frémissant de la belle cavalière aperçue sur la crête du barrage. Il a jeté tout ce qu'il avait patiemment collecté à l'insu de Sandra. Les deux verres sur lesquels subsiste la trace des lèvres d'Alma le comblent à présent. Il se repasse le velouté de sa joue, l'éclat sombre de ses iris, sa nuque gracile et l'angle fort et délicat de sa cheville. Il imagine la rugosité de sa main habituée à manier le lasso, ses silences de femme du *campo*, ses démons, et il se délecte à l'idée de lui apporter tendresse et sécurité. Il pourrait avec elle se montrer homme sans être exagérément viril comme avec ces minettes délurées qui flairent la testostérone. Bref, ils se compléteraient, se respecteraient, elle la femme forte, lui l'homme nounours.

Il fait taire l'aspirateur.

— Tu viens me voir pour ?

— Pour t'admirer en pleine action. Non, je déconne, t'enflamme pas, je viens pour les derniers relevés.

— Assieds-toi.

Il empoigne le tuyau de l'aspirateur, le fixe dans l'encoche prévue et fait rouler la machine jusqu'au placard où il entrepose ses balais, chiffons et produits ménagers. Il aime les odeurs d'intérieur bien tenu. Puis il se dirige vers la kitchenette à l'évier et l'égouttoir thermoformé qui sonnent creux, ouvre un placard haut et en sort deux tasses. Il est 11 heures, il ne se voit pas proposer un alcool fort.

— J'ai vu tes chiffres, commence Sandra en retirant ses chaussures. La pression est normale, mais je trouve que l'eau monte trop vite dans les drains.

— Oui, j'ai envoyé un SMS à l'Ingénieur, mais il n'a pas répondu.

— Tu es certain qu'il l'a reçu ?

Le téléphone de Benoît est posé sur le rebord de la fenêtre, là où il y a une minuscule zone de réseau, deux barres en 3G les jours sans nuage. Lorsqu'il ouvre son application, il s'aperçoit que le message figure en "Échec d'envoi". Machinalement il clique sur "Réessayer" et constate, même collé à la vitre glaciale, que le réseau mouline sans fin.

— Non, ça n'a pas l'air de marcher. Mais il a tous les comptes rendus par transmission satellite de toute façon, et lui, à Bariloche, il capte. S'il y a un problème, il nous joindra sur l'ordinateur central.

— Mmmh…

Les yeux mi-clos, Sandra hoche la tête. Puis elle plante son regard vert dans le sien :

— En fait, je ne trouve pas ça normal qu'il ne nous ait donné aucune consigne. J'ai envoyé un message aux exploitants. Je me demande si on n'est pas face à un défaut de clavage des joints verticaux.

— Tu crois ? On a commencé la mise en eau il y a trois mois, on aurait dû le voir avant...

— Ça expliquerait les entrées d'eau, il pourrait y avoir des microfissures côté lac de rétention, maintenant que les joints sont sous pression... C'était impossible à détecter avant que la cote soit suffisamment haute. En tout cas, je vais demander un diagnostic assez rapide. Semaine prochaine, j'espère.

Mi-ravi, mi-effrayé, Benoît murmure :

— Tu comptes passer par-dessus l'Ingénieur ? Quand il va savoir ça...

— Écoute, il n'est pas là et on n'arrive pas à le joindre. Il faut bien agir. Tant que la pression reste dans des courbes normales, tout va à peu près bien, mais ça peut se dégrader à grande vitesse. En plus, avec ce qu'il tombe... Et la station météo nous prévoit un bon gros orage dans les vingt-quatre prochaines heures. Donc on passe à une surveillance toutes les quatre heures en attendant la réponse de la société d'exploitation. Quand l'Ingénieur n'est pas là, c'est elle, notre donneur d'ordre direct.

— Hein ?

Sandra parle vite, elle tranche dans le vif et Benoît entrevoit en elle la grande ingénieure qu'elle sera. Mais pour l'instant ils sont au même niveau et il n'a pas l'intention de pratiquement doubler ses passages au barrage.

— Et si les indicateurs se dégradent, on ouvre la vanne.

— Quoi ? Sans en référer à…

— C'est nous qui sommes sur place, Benoît, le coupe-t-elle. C'est notre responsabilité si la structure ne supporte pas la mise en eau. Donc s'il faut ralentir le remplissage, voire faire baisser la cote, on le fait.

— Et la population ?

— Quelle population ? Il n'y a pas un chat, on est mi-avril, la saison de pêche est terminée. Et le risque est bien trop grand si on tergiverse : cinquante pour cent des accidents de barrage interviennent pendant la mise en eau, tu le sais bien.

Un lourd silence s'épand dans la pièce, épais comme une nappe de mazout. L'idée de se trouver seuls à prendre ce genre de décision paralyse Benoît. Bien sûr, il savait en postulant à ce type de mission qu'il serait peut-être amené à ouvrir un évacuateur de crue ou une vanne de fond pour contrôler le remplissage, mais jamais de son propre chef. En prévision, il avait lu attentivement le protocole qui définit les conditions d'émission de la vague d'alerte pour prévenir la population de s'éloigner des berges : deux vagues distantes de vingt minutes avant l'ouverture à plein. La perspective de risquer des dommages humains lui fait battre le cœur beaucoup trop fort et il est obligé de reposer la tasse dans laquelle il vient de verser de l'eau brûlante. L'instant d'après, il se fige, horrifié. La piste à flanc de montagne rend absolument impossible une mise à l'abri dans les gorges : si l'eau grimpe brusquement au-dessus du niveau du sentier, personne ne peut escalader assez vite les parois rocheuses. Si quelqu'un se trouve sur la piste des gorges et que la vanne s'ouvre, il meurt noyé. Ce n'est qu'après les Cabanes Esencia Azul que le relief s'aplatit et que la piste s'éloigne du torrent. Au moment d'ouvrir la vanne, s'il y est obligé, il n'aura aucun moyen de savoir si Alma a dépassé ce point.

Aussitôt, un flot d'images tragiques lui envahissent l'esprit : l'eau qui galope entre les deux versants des montagnes, le bruit assourdissant de la vague d'alerte qui fait gondoler la surface du torrent, le regard inquiet d'Alma et du *gaucho*, qui se retournent sur leur selle, juste une seconde avant que le torrent ne se rue sur eux et fasse disparaître la piste creusée dans la roche. Les jambes des chevaux qui perdent pied, les gros bouillons qui secouent Alma, la valdinguent contre la pierre dure. Il imagine sa tête heurter la roche et ses yeux se fermer, l'écume blanche du *río* qui bouillonne un instant à l'endroit où elle coule, et c'est fini.

Sans rien partager de ses tourments intérieurs, Benoît jette un sachet de thé dans chaque tasse. Tant que l'Ingénieur n'identifie pas un danger imminent, il se promet de retarder le plus possible le moment d'ouvrir les vannes pour ne faire courir aucun risque à celle qui submerge sa raison et fait déborder son cœur. Le risque est bien plus grand de la noyer que de voir ce gros barrage se fendre. Il n'a qu'à occuper le terrain pour empêcher que Sandra prenne des initiatives. La bouche sèche, il propose :

— Je prends les deux tours de nuit, si tu veux.

MERCREDI

22 AVRIL 2015

1

Le nez enfoui dans la laine rêche de son poncho, Danilo sent que la nuit est terminée. Il fait encore un noir d'encre, il est 4 heures ou 4 h 30, mais l'horloge intérieure du vieux *gaucho* ne le trompe jamais. Il est temps de quitter le cocon tiède de son poncho et de ranimer le feu. Il se lève avec effort, tourne la tête pour se dégripper le cou, fait craquer ses doigts dont les articulations ressemblent aux boulets de sa jument la plus maigre. Sur sa bâche qui a craqué toute la nuit, Alma dort encore. Ses paupières bleutées ne tressaillent pas quand il jette dans le feu une bûche maintenue au sec sous une toile de jute qui absorbe l'humidité de la nuit. Il ne pleut pas encore, mais l'air s'est épaissi. Danilo en repère la texture et l'odeur : le temps change et l'automne doré va glisser dans l'hiver ces prochaines semaines après les dernières chaleurs. Dès que les braises se remettent à rougeoyer, attisées par un vent qui contourne, Dieu sait comment, le rocher qui leur sert de protection, Danilo empoigne sa bouilloire et se met en quête de la source. Il en connaît l'emplacement, depuis le temps qu'il s'arrête ici, et peut s'y rendre les yeux fermés. Elle coule sur la roche dans un pli du versant est. Pour en récupérer l'eau, il a fallu creuser une cavité assez profonde pour qu'elle cesse de ruisseler le long de la pierre et tombe dans le vide, en minuscule cascade, ce qui facilite le remplissage des récipients. Danilo se souvient d'avoir léché la pierre mouillée, du temps où la cavité n'était pas creusée. Il revient déposer sa bouilloire sur le feu. Alma dort toujours. Il en profite pour remplir un seau qui leur servira à se laver : friction du visage, friction sous les aisselles. Il attend une étape en plaine pour se laver en entier. Avec un peu de chance, ceux qui les accueilleront pour la nuit disposeront d'une douche. Il a songé lui aussi à installer une tonne à eau sur une tour de bois pour que l'eau gagne en pression et sorte à l'intérieur de la maison par une pomme de douche. Finalement, il a continué jusqu'à la fin à se laver à la source du *puesto*, nu et serein de n'être vu que par les condors et les poules.

Les poules, justement, se réveillent à leur tour dans la cage qu'il a posée au sol la veille. Les chiens, qui dorment les uns contre les autres, s'ébrouent. Danilo songe que les œufs n'ont sans doute pas encore été pondus. Il observe l'eau monter dans son seau, à son rythme, puis s'approche des chiens qui aussitôt lui fourrent la truffe au creux de la main.

— Ça vient, j'ai quelque chose pour vous.

Il sort de sa sacoche un morceau de mouton plein de nerfs qu'il leur réserve depuis le début et les regarde se disputer les lambeaux de viande brune et collante qui sent déjà fort. Alma s'éveille enfin et se dresse sur un coude. Elle a les yeux brumeux, une mèche de cheveux collée par la salive sur la joue. Elle n'a pas encore revêtu sa cuirasse et il l'observe émerger à la lueur gracile des flammes, il se rassure à déceler dans ses gestes ensommeillés l'enfant qui demeure en elle, malgré tout. L'eau chauffe doucement, il a le temps d'aller voir les chevaux, notamment ceux qui ont porté du poids la veille : sa jument *pinto* et le hongre d'Alma. La nuit pâlit doucement.

Les deux chevaux se sont reconnus dans leur fatigue et somnolent flanc contre flanc derrière un gros buisson gris-vert. Danilo s'approche et, dès qu'il est assez près, se penche sur leurs sabots. Les pâturons sont gris de poussière, mais il aperçoit vite un début de plaie sur l'antérieur droit du hongre. Il s'est raclé le pied sur la roche, c'est une évidence. Avec un grommellement furieux, Danilo se débraguette et pisse sur le sabot puis s'interrompt aussitôt pour garder de la ressource en ammoniaque si cela s'avère nécessaire. Il inspecte les fourchettes, les sabots qui parfois se fissurent, tâte les canons et caresse au passage le hongre puis la jument. Rien d'autre à signaler, il peut pisser au vent comme il veut.

Quand il revient vers le feu, l'eau bout et s'échappe en bonds nerveux par le bec de la bouilloire.

— Tu l'as trop laissée chauffer, dit-il sur un ton de reproche à Alma qui est occupée à rouler sa bâche. Ça va cuire la *hierba*.

— Suis-je la gardienne de ton maté, *che* ?

— C'est de l'eau pour toi aussi.

— J'ai ma bouilloire, répond Alma sèchement.

Joignant le geste à la parole, elle sort de sa sacoche un petit récipient métallique qu'elle plonge dans le seau qu'il a apporté et le pose près du feu. Elle ne partagera pas le maté. La route est encore longue.

— Qu'est-ce qui s'est passé avec le hongre ?

— Rien.

— Il est blessé. Tu as dérapé ?

— Tu me prends pour une *Qade* ?

Danilo secoue la tête. Il sait que la mauvaise foi n'est pas l'apanage de la jeunesse seule, de vieux *peones* sont aussi capables d'assurer qu'ils n'ont pas bu alors que si, ou que leur troupeau s'est éparpillé à cause d'un puma alors que non. Mais tout de même, l'entêtement d'Alma à nier l'évidence rappelle l'obstination enfantine dont Eliseo faisait preuve avant de quitter le *puesto* pour El Bolsón. Une fois en ville, il n'avait plus cherché à s'opposer à Danilo. Il l'avait pris en pitié, ce vieux père qui dormait sur le sol, s'abîmait les mains sur les barbelés et sentait le cuir et le crottin.

— On peut être natif et parfois déraper. Ça m'arrive aussi.

L'apaisement recherché ne vient pas et Alma garde les sourcils froncés et le menton pointé en avant. Elle saisit sa bouilloire avec brusquerie et se brûle sur le dos de la main avec l'eau qui jaillit par le bec. Danilo la voit retenir son cri, le ravaler et partir sans un mot jusqu'au seau d'eau où elle plonge la main. Puisqu'elle ne veut pas de pitié, il gardera pour lui son conseil d'étaler une couche de gras sur la brûlure, du gras qui a coulé la veille du mouton et qui macule encore la tige du pal. Tant pis.

Il se lève et hume le vent. Tout le versant est de la montagne qui s'élève dans son dos frissonne. Les branches des *coihues* qui poussent avec vigueur au bout du plateau se tordent et s'arrondissent, prennent l'empreinte de ce vent têtu qui souffle d'ouest en est jusqu'à les faire pousser à demi couchés. Il va pleuvoir, sans doute beaucoup, et le prochain maté risque de se faire attendre.

— On doit partir, il vaut mieux redescendre dans les gorges avant la pluie.

— De toute façon, ici ou en bas, on sera trempés pareil, maugrée Alma qui avale son maté sans le regarder.

L'un et l'autre se chargent de leur selle, un bras passé sous l'empilement des six tapis et des deux boudins de cuir bourrés de laine qui garantissent l'équilibre une fois le tout sanglé trois fois. Se tournant le dos, chacun ajuste ses tapis, couche après couche, puis ils posent presque en même temps la peau de mouton sur laquelle ils ont dormi, avant de serrer la dernière sangle. Danilo ne peut s'empêcher de surveiller du coin de l'œil le moment critique où Alma se hisse sur le dos du hongre. Si l'une des étapes a été mal menée, la selle tournera et la cavalière avec. Mais tout tient. Alma connaît son affaire.

Au fil de leur descente vers les gorges, par le même chemin qu'ils ont emprunté la veille, le son de cataracte du *río* remonte vers eux, emplit l'espace et leur noie les tympans. Le cours d'eau bouillonne en continu, achoppe sur les blocs de roche, frise et mousse contre les branches bloquées en travers de son cours. La marche sur la piste reprend, identique à celle de la veille. Les chevaux ont compris le principe à présent, ils se suivent avec docilité.

Danilo, tout à l'arrière cette fois, sort un paquet de tabac et coince la bride sous sa cuisse le temps de rouler sa cigarette. Il regrette de ne pas pouvoir écouter la radio, il aime suivre de temps à autre un match des Boca Juniors ou écouter du *folklore*, ça aide le temps à glisser. Pour tromper les heures, il joue à repérer l'eau qui coule en cascade le long des parois abruptes. Il s'amuse à prévoir ces longs rubans argentés et les débusque avant même que le soleil levant ne les fasse briller entre les bouquets de *filu-lahuén* qui font pendre dans le vide leurs feuilles ourlées comme des pétales.

À midi, le soleil illumine pendant quelques minutes le fond des gorges. Le *río* turquoise devient luminescent et Danilo voit qu'Alma se penche pour en goûter la couleur. Des branches sèches sont tombées du haut de la paroi et demeurent plantées dans l'eau, on aperçoit chaque détail de leur écorce à travers le torrent. Rien ne trouble l'eau, sinon le mouvement.

L'étroitesse de la piste ne leur permet pas de s'arrêter pour le repas. Ils continuent le ventre creux, Danilo repousse la pensée des œufs de ses poules qui doivent bringuebaler dans la cage sur le dos de sa mule. Elles se font discrètes, les pondeuses, et il se retourne parfois pour vérifier qu'elles ne sont pas toutes mortes, terrassées par un mal de mer bien compréhensible.

Enfin, au terme d'une longue descente pendant laquelle ils ne croisent rien de plus vivant qu'un lézard brun, les gorges s'écartent enfin et la piste semble s'aplatir. La route ne surplombe plus le *río*, elle l'épouse, se fond dans les sables gris à travers lesquels l'eau s'écoule sans sa frénésie passée. Le fracas du *río* contraint dans un étroit goulet de pierre s'est enfin tu. L'eau ruisselle à plat, joue à travers les galets une musique minérale et sereine. Alors qu'il avait l'impression de pouvoir toucher le versant opposé en tendant le bras, Danilo mesure à présent les distances en dizaines de mètres. L'élargissement de la piste donne aux poulains un élan nouveau, gonflé de l'impatience d'avoir marché en file absurde pendant des kilomètres. L'un d'eux s'élance vers l'eau, ivre de sentir sous ses jolis sabots l'eau fuser en panaches mousseux. Il est aussitôt suivi de la jument qui l'a fait naître, inquiète de cette sortie de route qu'elle n'avait pas anticipée.

En un éclair de lucidité, Danilo pressent le danger.

Il siffle les chiens qui couraient en avant du troupeau et leur lance trois onomatopées comprises d'eux seuls : ils doivent ramener les deux affranchis dans le sillon.

C'est déjà trop tard.

Le poulain ne se rend compte de rien, il n'entend pas approcher les chiens, mais son poids léger le préserve, il galope sur l'eau et le sable sans presque y laisser l'empreinte de son sabot.

Mais la jument…

Sous le sol émergé, des résurgences souterraines affaiblissent la portance du sable et la jument, beaucoup plus lourde, s'enfonce inexorablement. Dès que les sables lui emprisonnent les jarrets, elle panique et agite l'encolure avec frénésie.

Danilo n'a que quelques minutes.

Il sait que la jument ne risque pas d'être engloutie entièrement, mais une fois qu'elle se sera enfoncée jusqu'au ventre, il ne pourra plus rien faire. Une mélasse de sable et d'eau l'empêchera complètement de lever la jambe pour se dégager.

— Alma !

Il décroche de sa selle son lasso et le lance une première fois, manque la tête de la jument qui roule des yeux affolés.

— Alma ! Ici !

Deuxième lancer.

Il se concentre avec une telle application que la sueur salée qui lui coule dans les yeux ne le fait même pas ciller. Il a besoin qu'Alma l'entende, cesse d'avancer en tête de troupeau et vienne jeter elle aussi son lasso pour extirper la jument.

Le sable visqueux monte à mi-jambe, la jument s'enfonce plus vite par l'arrière, ce qui n'arrange pas Danilo car la puissance de poussée des antérieurs est pratiquement neutralisée.

Il s'énerve, le lasso part en vrille et la boucle se tord avant d'atteindre la tête du cheval, ce qui ne lui arrive jamais. Il bouillonne de ne pas voir arriver Alma, crie encore.

Sa voix claque.

Il voudrait que les chiens s'éloignent. Leurs aboiements n'aident pas la jument à se calmer. Ils dansent sur leurs pattes arrière, se balancent de droite et de gauche, incertains de l'action à entreprendre, et Danilo, trop occupé à appeler Alma au secours, ne peut leur donner en même temps l'ordre de s'éloigner.

Au cinquième lancer, il parvient enfin à passer la boucle autour du cou de la jument, qui donne de la tête en arrière pour se débarrasser de cette emprise supplémentaire. Alma saute enfin à ses côtés et lance à son tour. La boucle passe aussitôt par-dessus les oreilles et tombe sur l'encolure comme un collier de cuir. Ils tirent en même temps leur mou d'un coup sec dirigé vers la hanche et écartent leurs jambes pour assurer leurs appuis.

— Tu tires maintenant, commande Danilo, la voix enrouée.

D'abord, Alma obtempère, mais quand elle voit la langue de la jument sortir de sa bouche, son œil terrifié qui s'exorbite, elle doute et relâche la tension.

— Tire, bon Dieu, tire !

— Mais elle s'étrangle !

— Tire, ou elle crèvera ici !

Alors Alma redouble d'efforts, elle tire de toutes ses forces, à s'en déchirer la peau sur la tresse de son lasso. Des flots de transpiration aigre coulent sur le visage de Danilo qui se raidit pour aider le cheval à s'extraire du sable, mais déjà le manque d'oxygène rend la jument incapable de lever la jambe et de chercher le dur. Elle râle comme un bœuf qu'on saigne, la langue en travers de la bouche, ses coups d'encolure s'amollissent et elle finit par laisser sa tête ballotter au gré des à-coups donnés par Alma et Danilo. Une pellicule terne voile déjà les yeux de l'animal qui, ça y est, ne porte plus sa tête. C'est fini.

Les muscles raidis par l'effort, Danilo se résout à lâcher. La longue tresse de cuir touche le sol, vidée de l'énergie qu'il y a mise pour sauver sa jument. Il en est malade, une jument qu'il a sortie lui-même, qu'il a débourrée avec patience, qu'il a aidée à mettre bas. Il sent à peine ses doigts crispés qui tremblent de l'effort qu'ils ont fourni. Mais à côté de son lasso devenu serpent d'eau sur le sable trempé, il remarque qu'Alma, elle, n'a pas relâché la tension. Elle est comme tétanisée. Sous le poncho qu'elle a retroussé pour avoir plus de liberté de mouvement, il imagine ses muscles secs devenus durs comme du bois. Elle ne desserre pas son étreinte, à s'en faire bleuir les doigts, et quand il lui pose la main sur l'épaule, elle ne cille même pas. Alors il la laisse, les deux pieds vissés dans le sol et les lèvres serrées. Lui va boire à la bouteille en plastique mille fois réutilisée qu'il garde dans sa sacoche. Elle finira par lâcher.

Il lui faut un long moment pour baisser les bras et laisser à son tour son lasso pendre mollement jusqu'au sol. Un instant, Danilo se dit qu'elle va pleurer de s'être tant battue et d'avoir tué la jument dont elle avait pressenti l'agonie. Mais non. Elle se frotte longuement les mains l'une contre l'autre, puis elle s'approche du cheval. Là encore, Danilo laisse faire, prêt à intervenir si Alma à son tour s'enfonce. Il veut lui offrir ce moment seule pour qu'elle puisse, si elle le souhaite, murmurer quelque chose qui ressemblerait à un adieu ou à une excuse. Mais elle n'avance que pour desserrer l'étau de son lasso et le récupérer. Sans un mot elle l'enroule, laissant là le lasso de Danilo qu'elle n'a pas songé à rapporter avec le sien. Puis en passant devant lui, elle crache à terre et siffle :

— Un cheval mort, c'est ça de moins sur ma commission. C'est quelque chose qui se paie cher, de décevoir un client.

Perplexe et blessé, il se masse le pli brûlant qui lui barre la paume. Il a de la peine à regarder la jument, tête abandonnée contre le poitrail, la langue qui pend sur vingt bons centimètres, l'antérieur droit qui s'enfonce sans bruit dans le sable aqueux. La carcasse massive ne frémit plus, mais elle bouge encore, aspirée par le fond. Quelques bulles éclatent à la surface du sable, puis plus rien. La jument s'est stabilisée, le sable ne la prend que jusque sous le ventre. Elle est morte d'épuisement, de panique et d'asphyxie. Peut-être que c'est une mort plus souhaitable que de crever de faim et de soif, les quatre jambes immobilisées et l'encolure tendue vers le ciel, l'esprit beaucoup trop vivant pour se résigner.

Si Alma ne l'avait pas étranglée, il aurait dû l'achever du tranchant de son *facón*, et ça, ce geste-là, il ne souhaite à aucun éleveur d'avoir à le faire un jour.

Alors qu'il remonte en selle, le cœur aussi pesant qu'un bloc de pierre à aiguiser, il l'observe de loin ouvrir et fermer la main, comme étonnée de découvrir au creux de sa paume la morsure brûlante du lasso.

2

— Alma, la toile, prends la toile pour toucher à la poignée de la bouilloire, tu vas te brûler ! avertit l'Ancienne de sa voix de caillou.

Trop tard, la main d'Alma la brûlait au creux comme un tison échappé du ventre de la cuisinière. Elle se regardait la paume, étonnée d'y lire la marque de sa douleur. Alors que l'Ancienne marmonnait en cherchant dans les pots de métal les herbes qui parviendraient à atténuer le feu qui continuait à consumer sa peau, Alma perçut dans la maison un brutal et incompréhensible changement. L'ampoule qui se balançait au bout d'une douille en plastique s'éteint d'un seul coup, sans annoncer son agonie par un quelconque frémissement. Mais ce qui épouvanta Alma, alors que l'Ancienne remuait les pots et n'avait rien remarqué, ce fut l'absence de bruit de fond. Le ronronnement du réfrigérateur s'était tu. Et le bourdonnement continu de la turbine qui vibrait contre la cloison de planches aussi. Son père était parti le matin sur son cheval et sa mère ramassait le linge sous le vent. Elle pouvait alerter l'Ancienne, mais seul son père savait faire revenir le courant. Et il n'était pas là. Sans l'électricité produite par la turbine qui roulait sur son axe dans le torrent, rien n'était possible. Aucune émission de message vers la radio des *gauchos*, pas de lumière au-delà du coucher du soleil, pas de radiateur pour l'Ancienne. Avec l'arrêt du courant, il semblait confusément à Alma que l'aura de son père venait brutalement de s'évanouir. Elle essaya d'expliquer à l'Ancienne ce qui venait de se produire, mais la vieille femme secouait la tête et chassait le vent du dos de la main, comme si tout cela n'avait pas d'importance. Elle était surtout occupée à piler dans le fond d'un bol les plantes et la graisse dont elle voulait enduire la brûlure d'Alma.

La petite fille serra contre elle sa main endolorie et sauta par-dessus le chien le plus vieux, qui restait en permanence allongé en travers du seuil de leur maison, pour courir retrouver sa mère.

— La Rechoncha ! La Rechoncha ! s'égosillait-elle pour percer de sa voix aiguë le monologue du vent. La turbine s'est arrêtée !

De loin, elle vit la main de sa mère se figer au-dessus du fil à étendre le linge. Lorsqu'elle arriva hors d'haleine et buta sur le panier qui contenait encore les vêtements trempés, elle lut sur le visage de la Rechoncha une expression amère qu'elle ne lui connaissait pas.

— On a qu'à demander au Parlanchín*, il s'y connaît en mécanique, suggéra Alma.

— N'y pense pas.

— Alors à l'Oseo**, il sera d'accord pour regarder, même s'il n'y connaît rien. C'est peut-être une branche qui a coincé les pales de la…

— Alma, coupa sa mère, non. On ne demande rien. À personne.

* Le Bavard.

** L'Osseux.

Interloquée, Alma plissa les yeux et détailla la posture de sa mère, ses épaules refermées autour de son ample poitrine, ses yeux mi-clos qui fouillaient les cailloux et semblaient vouloir percer la croûte du sol.

— Alors quoi ?

— On attend, répondit sa mère. On attend le retour du Sabio.

De manière étonnante, aucun voisin ne sortit devant sa porte pour proposer un coup de main lorsqu'elles remontèrent côte à côte dans la rue, le panier de linge vide coincé sous le bras de la Rechoncha. Alma flairait l'air, comme pour y trouver l'explication de ce silence étrange.

Le soir, lorsque le jour baissa et qu'il fallut trouver le moyen de garder de la lumière dans la maison, Alma proposa d'aller réclamer une bougie à l'un d'entre ceux qui n'avaient jamais eu l'électricité et stockaient des dizaines de gros pots de suif piqués d'une mèche qui grésillait.

— Non, dit sa mère. Tu ne demandes rien. Il doit me rester de la graisse quelque part. Un morceau de ficelle fera l'affaire pour la mèche. Tu restes ici.

Il semblait à Alma qu'il y avait quelque chose de faux dans ce repli autour de la table de la cuisine. La Rechoncha posa sans ménagement une boîte de conserve vide, noua le bout d'une ficelle de chanvre autour d'un caillou puis elle versa d'une main la graisse fondue qu'elle avait conservée des repas précédents pour nourrir les chiens, tout en pinçant la mèche entre le pouce et l'index afin qu'elle tienne à la verticale dans la boîte de métal. Comme le silence était épais, ce soir-là. Pas de bruit de repas dans les maisons voisines, pas de chien qui aboie après une *leona** furtive. Même les chèvres se taisaient contre la cloison du fond qui laissait filtrer dans la maison leur chaleur et leur odeur. Pour conjurer les pouvoirs de l'obscurité et de la lune noire, l'Ancienne entonna le chant de lignée, cet assemblage de sons rauques à la prosodie singulière qui n'appartenait qu'à eux quatre : l'Ancienne, el Sabio, la Rechoncha et Alma. Alors qu'elle tombait de sommeil, Alma joignit sa voix à celle de l'Ancienne, parce qu'elle savait la joie qu'elle offrait ainsi à ses ascendants, son père surtout, qui avait dans l'œil un caillou liquide lorsqu'il l'entendait chanter les mots de l'Ancienne.

Puis la porte s'ouvrit en grand et son père parut. Il portait sous le bras la boîte de métal dans laquelle bringuebalaient les outils qui faisaient leur fortune. Au regard qu'il eut lorsqu'il parcourut la pièce assombrie, Alma comprit que l'affaire de la turbine était bien plus préoccupante que ce qu'elle avait cru.

El Sabio posa la trousse au sol, rendit son hommage à l'Ancienne, comme il n'aurait jamais manqué de le faire, même si la maison était sur le point de s'envoler, soufflée par le vent polaire. Puis il échangea un mot muet avec la Rechoncha, qui tenait Alma serrée contre sa vaste poitrine, et il sortit.

Ce qu'il fit une fois dehors, Alma n'en connut jamais le détail. Mais il y eut des éclats de voix dans l'obscurité et deux coups sourds que la nuit étouffa aussitôt. Le lendemain, el Sabio portait sur la pommette gauche un croissant de lune violacé qui n'en finit pas de tourner au vert, puis au jaune.

À dater de ce jour, les visites de Magali se firent plus rares. La turbine fut réparée à grand renfort de

* Puma.

pièces de métal négociées à la casse d'El Bolsón, de ce qu'Alma crut comprendre, mais plus personne de la communauté, jamais, ne se présenta pour échanger quelques nouvelles et prendre le maté en espérant pouvoir émettre une annonce ou un appel sur l'appareil de la maison.

Par une fin d'après-midi dont l'humidité vous perçait jusqu'aux os, deux hommes descendirent d'un énorme 4×4 qui avait écrasé les herbes de la piste plus efficacement que tous les passages de la camionnette de Fernando. Ils portaient chacun sous le bras une caisse noire à boucles argentées et frappèrent à la première maison de la communauté, celle qui se situait le plus loin du torrent, la "maison sale", ainsi que l'appelait Alma, parce qu'il manquait à ses habitants le courage d'aller chercher l'eau plus loin que les autres pour la jeter ensuite sur le plancher et frotter le sol avec une brosse de crins.

— Tu as vu, Candida, des chrétiens de la ville qui viennent chez les Sucios*... murmura Alma dans le creux doux de l'oreille de sa chèvre.

Toutes les deux se tenaient serrées l'une contre l'autre, l'une occupée à tendre le cou de temps en temps pour atteindre une herbe longue, l'autre absorbée par le manège des deux hommes qui ne tardèrent pas à sortir de la première maison, la mine satisfaite. Dans chaque maison, ils furent reçus une dizaine de minutes, et Alma remarqua qu'ils faisaient un détour soigneux en passant devant la leur. Mais la visite ne passa pas inaperçue et el Sabio, qui était rentré le matin même d'un dépannage ardu sur la pente nord du mont Ga'woi, sortit sur le seuil.

* Les Sales.

Presque aussitôt, tous les voisins firent un pas pour sortir de chez eux, comme si un gong leur avait adressé un signal. Devant chaque porte ouverte, un homme, une femme, le visage fermé et les bras croisés serrés sous la poitrine. Comme encouragés par cette assemblée muette, les deux hommes remontèrent toute la rue jusqu'à la maison d'Alma devant laquelle les attendait el Sabio, l'épaule appuyée contre le chambranle de la porte. Alma ne voyait ni sa mère ni l'Ancienne, mais elle savait qu'elles se tenaient assises en silence l'une en face de l'autre dans la maison, les deux mains posées sur la table, en attente.

— Il ne reste plus que toi, lança en chrétien le premier des deux hommes, celui qui avait relevé le bas de son pantalon pour que la poussière de la rue ne ternisse pas le noir profond de son vêtement.

— Et qu'attend-on de moi ? demanda el Sabio.

Quelque chose dans sa posture et dans son ton laissait entendre qu'il connaissait déjà la réponse. Alma perçut dans l'alignement silencieux des voisins une vague de mouvements contenus. Les cous se rétrécissaient, les épaules se haussaient et les poings sous les coudes se serraient. Alma se pressa un peu plus étroitement contre le pelage soyeux de Candida dont elle entendait battre le cœur.

— On attend, on attend, tu le sais bien, reprit l'autre bonhomme, celui qui semblait agrippé à sa boîte comme si elle avait contenu les derniers ossements du plus illustre des caciques.

Le front barré d'une ride profonde, le père d'Alma promena son regard sur toute la rangée de maisons et chacun des voisins sembla se rabougrir sous le feu de son œil noir. Mais ils ne rentrèrent pas chez eux et bombèrent de nouveau le torse les uns après les autres. Dans le rapport de force, il sembla que le père d'Alma venait de perdre une large avance. Les deux hommes se regardèrent pour s'encourager et firent un pas vers la maison. Le vieux chien gronda sous l'auvent, mais ils ne se démontèrent pas.

— Tu dois signer. Ils ont tous signé, même ta locataire. Tu as refusé trois fois, très bien. La Compagnie a doublé son offre. Tu as gagné la négociation et tout le monde est très content d'avoir obtenu un bon prix de son terrain et de sa maison. Mais il faut signer, maintenant, parce que les choses ne peuvent plus être repoussées encore une fois.

— À la prochaine pluie, comme on dit dans ta communauté, ricana l'homme aux chaussettes apparentes.

Très lentement, les voisins sortirent dans la rue et se rapprochèrent à petits pas, comme s'ils glissaient ensemble, aimantés par le duo que formaient les deux hommes en noir. Au fil de leur rapprochement, ils semblaient se hausser, leur assurance enflait et ils ne formèrent bientôt plus qu'une masse compacte devant la porte de la maison.

Pour faire bonne mesure, la mère et l'Ancienne se postèrent de chaque côté du Sabio, mais Alma perçut immédiatement que sa mère ne portait pas le masque inflexible qu'elle savait si bien plaquer sur son visage lorsqu'elle voulait sévir. Au contraire, la Rechoncha posa sur le bras dur du Sabio une main caressante.

— Accepte. Accepte l'offre, tu vois bien que nous sommes les derniers, murmura-t-elle. Quel sens la communauté garde-t-elle, si tous ils s'en vont ? Tu auras beau être propriétaire de toutes les maisons, si tu es tout seul, à quoi bon ?

Le père repoussa sa main d'un geste sec et fit un pas vers les deux hommes qui reculèrent d'autant.

— La Compagnie d'énergie se montre généreuse avec vous, avertit l'homme de gauche dont la voix venait de gagner une demi-octave. Si tu n'acceptes pas l'offre de relogement…

Un feulement sourd monta de la poitrine du Sabio. Alma se recroquevilla, le visage enfoui dans le pelage rassurant de Candida. Même à la distance à laquelle elle se trouvait, elle sentait la rage nue qui s'échappait de son père et elle eut peur.

D'un coup sec de la main, il envoya l'une puis l'autre boîte noire en l'air. Une liasse de papiers s'échappa lorsqu'elles tombèrent sur le sol dur et que les ferrures s'ouvrirent. El Sabio les dispersa d'un coup de pied et fixa chacun des voisins qui se tenait devant lui, dos à Alma. Elle ne voyait pas leurs visages, mais elle comprit qu'ils s'affaissaient sous le feu de ses prunelles. Les deux gratte-papier s'étaient précipités pour rattraper dans le vent les accords signés d'une croix ou d'un prénom de baptême jamais utilisé. Le petit groupe, un instant auparavant si résolu, commença à se disloquer. Mais au dernier moment, une des voisines, celle qui ne parlait jamais et que chacun surnommait la Muda, se précipita sur le père d'Alma et lui lacéra le visage de ses ongles durs en émettant des borborygmes désespérés. Il n'eut même pas besoin de la repousser, elle s'effondra d'elle-même sur le sol, secouée de sanglots silencieux. Quelqu'un la ramassa et la traîna jusque chez elle, tandis que les autres rentrèrent la tête basse dans les maisons qu'ils avaient cru vendre à prix d'or un instant auparavant.

3

La journée se déroule sans mot. Danilo marche de nouveau en queue de troupeau, avec sa mule et son chien. Lui qui aime tant les *arreos* se sent terriblement lourd. Jusqu'à ce moment, il a réussi à repousser la pensée vertigineuse qu'il descend pour la dernière fois. Il évite de s'imaginer la vie d'ouvrier agricole qui l'attend, les ordres, l'obéissance, le corps qui vieillit, devient moins fiable. Ce sont des idées qui lestent et qui ne servent à rien. Mais il lutte avec moins de force contre l'invasion de son esprit, se laisse parfois aller à un début d'auto-apitoiement. Est-ce que c'est l'attitude déconcertante d'Alma qui fissure sa résistance ? Lui qui portait sans vaciller l'inquiétude de savoir Eliseo enfiévré sur sa paillasse, qui doit digérer son propre départ de l'endroit où il a tout vécu, il doute de savoir résister au travail de sape d'Alma. La perte de sa jument l'atteint, bien sûr. Mais c'est la dureté d'Alma qui le déstabilise. Il l'observe, trente mètres devant lui, son dos droit, sa nuque raide et il se sent immensément fatigué. Triste.

Trois heures après midi, la pluie se remet à tomber. Le ciel au-dessus de leur tête se déchire, les pointes émoussées des contreforts des Andes accrochent la lourde cape grise que le vent n'arrive plus à déloger.

Pourtant, au fur et à mesure que le troupeau descend vers la vallée d'El Bolsón, le vent forcit. Dans leur dos, la forêt andine en pente raide, devant eux, une saignée où coule le *río* Azul vers le lac Puelo. La brèche, un peu plus large que les gorges qu'ils ont suivies, longe la grande vallée d'El Bolsón qu'elle finira par rejoindre une fois la ville dépassée. L'espace est un peu élargi et court du nord au sud. Plus bas sur leur chemin, le *río* Raquel viendra ajouter ses eaux à celles du *río* Azul. Ils sont encore coupés du monde par un pli montagneux derrière lequel les avions de Latam Airlines se posent pour relier El Bolsón au reste de l'Argentine. Leur trajet prévoit de longer le *río* Azul pour rejoindre la vallée au sud de la ville, de continuer vers le lac Puelo et atteindre la route 40 au moment où la steppe commence, un peu au sud d'Epuyén.

Le relief reste le même que la veille, mais l'élargissement de la vallée crée des flux d'air contraires. Le vent s'engouffre avec violence par le sud et leur envoie dans le visage des paquets d'eau compacts. Sur ses épaules, Danilo a accroché une cape de cuir de guanaco, il s'est aussi protégé les cuisses avec deux peaux cousues qui lui font comme un tablier de forgeron. Est-ce qu'Alma est suffisamment équipée ? Il se morigène de continuer à s'inquiéter pour elle alors qu'elle repousse avec férocité toute possibilité de lien entre eux. Il est bien bête. Le nuancier des robes du troupeau s'est brutalement assombri. D'alezans, les hongres sont devenus bruns. Quand il observe son troupeau qui se détache sur l'or cuivré de la forêt, Danilo ne peut s'empêcher de tiquer. Il manque une jument. Son esprit le comprend puisqu'il se souvient, mais l'œil ne s'est pas encore habitué et la puissance de la mémoire visuelle de Danilo la lui fait chercher pendant quelques secondes. Les chevaux avancent, chanfrein contre le vent, les poulains dans le sillon des mères qui leur font écran.

Danilo remonte la file pour atteindre Alma qui ne peut l'entendre à contre-vent. Elle ne le sent pas arriver et il a le temps, lui, de se rendre compte qu'elle parle seule. Au début, il pense qu'elle chante. Le vent hache les sons et il ne reconnaît pas la mélodie. Elle doit se réciter un poème, comme lui se récite de longs passages de *Martín Fierro* quand il est seul et que le vent l'empêche de travailler. Mais comme elle se penche et flatte l'encolure de son hongre, il comprend qu'elle s'adresse à son cheval. Plus il s'approche, moins les sons qu'elle produit lui sont familiers. Les mots qu'elle emploie n'ont pas de sens pour lui. Il a déjà entendu parler mapuche. Mais ces sons gutturaux et rêches, il ne les a jamais entendus, ni à la radio, ni chez les ouvriers agricoles, ni dans les bars du *slum* où s'entassent les *gauchos* sans terre. Quand enfin il arrive à sa hauteur, elle sursaute sur sa selle et se tait.

— Qu'est-ce que tu veux ?

— Te dire qu'on va prendre au sud maintenant. Si tu continues tout droit, on va finir dans l'Atlantique. L'océan.

— Je connais l'Atlantique.

— Alors on bifurque.

Elle hoche la tête, et jette un regard en arrière.

— Quand est-ce qu'on va quitter ce putain de couloir ? Toute cette eau dans mon dos, ça me tend.

Pendant quelques secondes, Danilo ne comprend pas de quelle eau elle parle. Celle qui leur ruisselle sur le visage ? Celle qui grondait, assourdissante, dans le lit du *río* ? Puis il réalise qu'elle parle de l'eau de la retenue, celle qui s'accumule derrière le barrage et qui pousse sur le béton, bélier têtu qui ne renonce jamais à faire céder ce qui pourtant est inébranlable. L'évocation du barrage fait surgir en lui l'image du lac en formation qui monte inexorablement. Sa surface piquée par les gouttes qui tombent du ciel comme de petits cailloux denses. Pendant des mois, l'eau est montée si lentement au pied du mont Pewen que Danilo a fini par douter que le barrage fonctionne jamais. Mais la pluie qui tombe ne cesse de se densifier, les choses doivent accélérer là-haut. Les voies d'accès se ferment les unes après les autres au fil de la montée des eaux. Est-ce qu'Eliseo a déjà pris la route ? Est-ce qu'il a attendu le message de son père pour savoir si l'étranger était sur pied ? Peut-être même que la pluie a précipité les choses et qu'il s'est mis en selle pour passer au Chili, par crainte de se trouver bloqué en altitude par la neige.

— Le barrage ?

— Oui, le barrage. Ça ne te fait rien, à toi, de savoir qu'un petit machin retient des millions de mètres cubes d'eau juste au-dessus de nous ?

— Ça ne lâchera jamais, si tu savais combien de tonnes de béton ont été coulées là-haut…

— L'eau, c'est une puissance bien supérieure à tout ce que l'homme peut construire. Imagine… Imagine la rupture. Imagine l'eau qui se rue dans les gorges, qui ricoche sur les flancs de la montagne, qui arrache les arbres et qui nous balaie ? Dans un espace contenu comme ici, l'eau court encore plus vite. On n'aurait pas le temps de dire *"che !"* qu'on serait déjà noyés.

— Ça ne sert à rien de jouer à se faire peur.

— Et ensuite, continue Alma avec un ricanement, ensuite l'eau arrive là où on rejoint la vallée, et c'est tout le sud d'El Bolsón qui est arraché. L'eau du barrage charrie des morceaux de roche détachés, tout s'enroule dans la vague, elle se gonfle de ce qu'elle emporte. Avant qu'elle ne perde de la vitesse et qu'elle s'étale, il peut se passer des dizaines et des dizaines de kilomètres. Et à la fin, tu vois un flot de boue chargé de morts qui se déverse dans le bleu du lac Puelo.

— Ça n'arrivera pas, coupe Danilo. Ta génération regarde trop de films américains.

Il est un peu sonné par la projection catastrophique que vient de lui exposer Alma. Il a une nature confiante, depuis toujours, et vit dans le présent parce que c'est à ce moment-là, et pas à un autre, que la vie s'écoule. Le futur apocalyptique qu'imagine Alma le perturbe. Il songe surtout qu'elle a le crâne farci d'horreurs et que vivre en imaginant le pire doit être terriblement pesant.

Alma hausse les épaules et murmure un de ces mots incompréhensibles. Il ne la fait pas répéter, c'est certainement de l'indien. Il est étonné qu'une fille de cet âge sache encore quelques mots. La politique d'assimilation et de déculturation des habitants natifs est venue pratiquement à bout des langues originelles. Bien entendu, depuis le changement de la Constitution, une bienveillance nouvelle a permis un certain retour de la fierté des peuples indigènes. Mais les langues autres que le mapuche ne sont pas pour autant revenues dans les usages. Elles se sont ensablées, diluées, faute de pratique quotidienne. Lui n'a pas d'avis dessus. Il parle un espagnol mâtiné d'arabe et de mapuche, fruit du métissage entre les premiers pionniers espagnols tout juste libérés de l'occupation maure et les occupants des terres australes. Pour lui, la langue est un outil et non un combat.

Il conçoit une curiosité nouvelle à l'égard de cette femme aride et rugueuse, curiosité qu'il garde pour lui.

Dans leur cage de bambou, les poules s'époumonent brusquement.

— On s'arrête, elles ont pondu ! s'écrie Danilo qui saute de sa jument comme s'il avait le diable aux fesses.

Il plonge la main dans la paille qui tapisse la cage et en sort deux œufs tièdes. Il en tend un à Alma et gobe l'autre sans attendre.

4

— Eliseo, Eliseo, ça y est, ma poulette a pondu son premier ! Il est encore chaud, touche, s'époumona Popín en sortant du poulailler, l'œuf au creux de la main.

— Fais gaffe, tu vas le casser, marmonna l'adolescent, occupé à resserrer le nœud de la bride qu'il terminait à l'instant de tresser.

— Je vais le donner à maman. Ça sera pour moi, pour mon déjeuner.

— Et si j'en veux, moi ?

— C'est ma poule, quand même, protesta le petit bonhomme brun, l'œil agrandi par l'indignation.

— Ça va, Popíno, c'est pour rire. Va demander à maman si j'ai le temps d'aller au *río* avant le repas, j'ai envie de poisson.

D'un pas sautillant, le petit garçon quitta l'arbre chétif auquel Eliseo avait attaché l'extrémité de sa bride pour serrer au maximum sa tresse de cuir. Danilo, qui les observait à une centaine de mètres de là, le vit entrer dans le *puesto*, à la fois impatient et précautionneux, inquiet de casser l'œuf qu'il se réjouissait de manger. Le vent portait jusqu'à son cheval les voix de ses deux garçons : celle, aiguë, de son dernier, le pétillant Popín, et celle, plus sourde et déjà grave, de son aîné. La saveur de ces voix mélangées lui remplissait le cœur de contentement. Il savait bien que Rosa goûtait moyennement le confort médiocre du *puesto*, mais quand il la prenait par la taille pour sortir admirer le ciel rose derrière les pics enneigés, quand il l'embrassait et qu'elle sentait l'herbe coupée, il se disait que leur bonheur était parfait. Eliseo allait à l'école tout l'hiver car les prés d'hivernage bordaient la route qui menait à l'école 150, fréquentée majoritairement par les enfants mapuches de la réserve* Las Huyatekas. Danilo n'était pas mécontent que son fils y ait sa place. Il s'y trouvait certainement plus à l'aise qu'au cœur urbain d'El Bolsón et en rapportait des mots mapuches qui faisaient froncer les sourcils de sa mère. Pour elle, le parler indien n'avait pas sa place dans une famille comme la leur, qu'elle souhaitait aussi moderne que le leur permettait la vie du *campo*. Elle imaginait pour Eliseo une existence moins dure, moins soumise aux caprices des vents, une existence comme celle qu'elle envisageait pour elle-même avant de tomber amoureuse de Danilo. L'école 150 ne lui semblait pas de qualité suffisante pour laisser à son fils le choix de sa propre vie. Danilo n'avait pas vraiment d'avis. Le simple fait d'aller à l'école la majeure partie de l'année était déjà une opportunité qu'il n'avait pas eue et il ne se sentait en rien pénalisé aujourd'hui.

— Les garçons, on mange ! s'écria Rosa qui se tint sur le seuil, la grande et unique casserole du foyer à la main.

* À l'époque du récit, on parle de réserve, et non de territoire mapuche. Par ailleurs, l'enseignement bilingue ne sera mis en place qu'après la réforme de la Constitution de 1994.

— Je voulais du poisson, maugréa Eliseo.

— Il fallait le pêcher ce matin, mon bonhomme, rétorqua Rosa. Sors la table, il fait beau.

La table et les quatre chaises pliantes étaient une de ses tentatives de ne pas se laisser trop ensauvager. Déjeuner assis par terre n'était pas envisageable pour elle. Elle n'avait jamais un mot plus haut que l'autre, ne déversait pas son aigreur dans l'oreille de son mari, mais Danilo savait combien elle avait imaginé autre chose.

— Tu te laves les mains, Popín.

— Elles sont propres !

— Elles sont noires de crotte de poule. Va à la source. Si tu cours, ça sera encore chaud dans ton assiette.

Avec un soupir douloureux, le petit garçon traîna des pieds jusqu'à la source. Danilo lança son cheval au pas et mit pied à terre au moment où Rosa remplissait son assiette. Il s'assit avec un soupir content.

— Maman, maman, je m'ai coupé, j'ai du sang ! s'écria de loin Popín, de sa petite voix haut perchée.

— Allons bon… soupira Rosa qui écarta de son front les deux mèches échappées de sa lourde tresse.

Elle attendit, poings sur les hanches, que Popín accoure tandis qu'Eliseo et Danilo dévoraient, penchés sur leur assiette.

— Montre ça

Elle lui saisit le poignet et le tourna pour observer à la lumière de midi la courte estafilade qui laissait échapper un filet de sang dilué par l'eau de la source.

— Ce n'est rien. Ça va vite se refermer, dit-elle après avoir léché le sang pour s'assurer qu'il ne restait pas un peu de terre au fond de la coupure.

— Ça pique, protesta Popín, la lèvre tremblante.

— C'est normal. Tu t'es coupé sur quoi ?

— Un bout de barbelé qui était caché dans les cailloux. Je ne l'ai pas vu quand j'ai frotté mes mains dans l'eau.

Eliseo, qui écoutait d'une oreille, releva le nez et eut l'air navré.

— Ah, c'est ma faute. J'ai rincé le seau ce matin et il restait dedans des petits bouts de la clôture que j'ai retendue, en bas. Je pensais que le ruisseau allait emporter les morceaux. Pardon, Popíno.

Il était tellement désolé que Danilo ne chercha pas à s'appesantir. Il savait que son fils aîné ferait beaucoup plus attention à présent. La coupure était propre et Popín allait vite oublier.

Malheureusement la plaie s'infecta et, pendant deux jours, Popín dut rester allongé, délirant de fièvre. Rosa resta près de lui pour le faire boire et changer le linge qui lui rafraîchissait le front et le torse. Les brebis commençaient à mettre bas et Danilo n'avait pas de répit. Eliseo restait avec lui toute la nuit au milieu du troupeau, désireux peut-être de faire oublier que la fièvre de Popín était née de son inconséquence.

Au bout de trois jours, Popín se remit et sortit, un peu vacillant dans la lumière du soir, pour accueillir son frère et son père venus chercher un quartier de viande à faire griller sur la pente du mont Pewen où paissait le gros du troupeau.

— Ça va mieux. J'ai maigri. Maman dit que tous les œufs des poules seront pour moi !

Il avait l'air enchanté malgré ses petites joues pâles et ses cheveux collés par la sueur des nuits fiévreuses. Eliseo, soulagé, lui passa la main sur le crâne et lui promit de lui rapporter le lendemain une coquille d'œuf de condor dont il avait repéré un nid déserté.

Avec un peu de chance, il y trouverait les reliefs de la dernière éclosion.

— Comme tu veux, opina Popín, qui tentait de maîtriser un frisson de joie.

L'accalmie dura treize jours.

5

À 4 heures, la chaleur d'automne revient leur sécher le dos. Le vent d'altitude brosse les nuages en longues courbes effilochées. Les *ñires* font aux crêtes des Andes un cerclage de feu, leur feuillage s'embrase encore davantage avec la baisse de la luminosité et Danilo songe que la minéralité de son herbage d'altitude lui a fait oublier certaines couleurs. Alma se laisse dépasser par les juments de tête. Elle a quelque chose à dire.

— J'espère que tu nous as prévu un point de chute ce soir, grimace-t-elle en se frottant le bas du dos. Les poulains sont épuisés et je ne vaux pas mieux.

— Et l'énergie de la jeunesse, alors ? sourit Danilo qui laisse sa jument trottiner et suit ses ondulations, le bassin soudé à sa selle, sans aucun effort ni soubresaut.

— Elle est fatiguée, la jeunesse. On n'a pas la même jeunesse que vous, les vieux.

— Je n'ai aucun mal à te croire. L'époque…

— C'est ça. L'époque…

Et dans un soupir résigné, Alma secoue la tête. Que les jeunes soient plus abattus que les vieux, avant même parfois que la vie et les chagrins ne les aient tordus et brisés, voilà qui semble bien triste à Danilo. Il flatte l'encolure de sa jument et songe que c'est cette génération désabusée qu'il aimerait caresser dans le sens du poil, qu'il aimerait apaiser. À vingt-cinq ans, il nageait en pleine félicité, avec sa Rosa et son fils aîné. Que s'est-il passé pour que les temps produisent des Eliseo, des Alma, des presque adultes déjà découragés, bourrés de rêves contradictoires et rongés de frustration de ne pas avoir déjà tout accompli ? Il se sent si vieux à son tour, si éloigné de ces rouages complexes.

— Juste avant la vallée d'El Bolsón il y a un corral. Attends que la nuit tombe vraiment, on verra la lumière des Extraños*.

— Un nom tout à fait rassurant.

Objectivement, les poulains auraient dû s'arrêter voilà plusieurs heures.

Les pentes sont couvertes par la forêt primaire qui remonte jusqu'à une altitude bien définie. Au-dessus du roux flamboyant des *ñires*, le vert foncé des cyprès de la Cordillère s'arrête brutalement pour laisser place à une herbe rase que vient recouvrir en larges coulures la neige fraîche des pics. La lumière tombe et Alma ne parle plus, pas même à son cheval. Plus le jour s'efface, plus s'affirme un point lumineux perché en haut d'un repli de la vallée. Danilo expulse un long filet d'air.

— C'est là qu'on s'arrête. Alma, pique à droite, on remonte sur le bourrelet jusqu'à la baraque des Extraños. On y passera la nuit.

— Ils sont accueillants ?

— Comme des gens du *campo*.

— Et pourquoi Extraños ?

* Les Étranges, Les Bizarres.

— Parce que…

Danilo hésite, choisit ses mots.

— Parce qu'ils ont leur fonctionnement à eux. Si tu veux manger chaud, il vaut mieux faire profil bas.

Alma se raidit sur ses étriers.

— Ils ont un problème avec les femmes ?

— Pas particulièrement.

— Avec les natifs ?

— Pas que je sache.

— Alors ?

— Alors c'est la Mère et le Fils. Et ils ont leurs propres règles.

Dans le reste de lumière mauve qui baigne les rives du *río*, Danilo voit Alma hocher la tête. Le concept de vivre selon ses propres règles doit lui parler. La lueur tremblotante des Extraños s'approche avec lenteur et les chevaux ploient l'encolure, harassés de devoir encore monter, encore descendre, encore éviter les cailloux crachés sur la piste par la montagne qui s'effrite.

La cabane est accrochée au flanc de la roche, sur un plat d'un demi-hectare qui semble avoir été creusé à la cuillère. Il faut quitter le lit du *río* et grimper entre les arbres sur une sente étroite qui n'est empruntée que par les chèvres des Extraños. L'arrivée des chiens et des chevaux devant la porte de la minuscule maison crée une bousculade dans l'enclos où la Mère et le Fils enferment leurs bêtes. Le Fils ouvre la porte. Sa lèvre lippue mouillée de salive ne remonte pas assez haut et on lui voit la gencive du bas.

— Qui c'est ? demande-t-il d'une étrange voix aiguë qui ne cadre pas avec sa silhouette lourde.

Il a des cuisses de femme grasse qui l'empêchent d'avoir les genoux bien placés au-dessus des chevilles. Danilo n'a pas besoin de regarder Alma pour savoir ce qu'elle se dit déjà. Ils comptent sur l'hospitalité de deux débiles consanguins.

— C'est el Manso. Ta mère est dans la maison ?

— M'an, c'est le *gaucho* du *río* Azul. Il a des chevaux. Et y a une fille.

Du fond de la maison, Danilo perçoit le raclement d'une chaise. Il n'a pas mis pied à terre, Alma non plus, car ils doivent auparavant être invités à passer la nuit. En général, les gens du *campo* sont heureux d'ouvrir leur enclos et leur maison. Chez les Extraños, Danilo sait que l'hospitalité n'est jamais acquise, jamais gratuite non plus. Elle dépend de l'humeur, du menu, de la puissance du vent et de la réserve de foin. À son tour, la Mère s'encadre à l'entrée de la maison et repousse son fils à l'arrière.

— C'est bouillon de poule. Je n'avais plus que des os à bouillir.

— J'ai des œufs. Si mes poules ne les ont pas cassés sur le dos de ma mule.

L'énorme femme renifle, lisse vers l'arrière les cheveux gras qui lui tombent en mèches grises sur le front et s'avance dans la nuit. Elle tâte l'encolure des poulains, suit du creux de la paume la croupe des juments. Danilo sait qu'elle évalue la contrepartie de son hospitalité.

— Tu les as trop fatigués, tes chevaux. Ils ont l'échine maigre.

— On n'a pas eu tellement le choix, rétorque Alma.

Elle s'agite sur sa selle, se demande probablement à quoi rime cette inspection. La vieille femme ne se laisse pas impressionner et continue à osciller sur ses courtes jambes d'un cheval à l'autre. Le Fils a remis le nez à la porte et attend que l'examen soit terminé.

— Ils sont vendus ?

— Oui, vendus, répond Danilo.

— Alors c'est les poules que je vais garder. Je ne veux pas te causer d'ennuis, termine la vieille Extraño avec un rire asthmatique. Les poules ou la fille.

— Je ne dispose pas de la fille, répond Danilo très vite, avant qu'Alma ne s'insurge.

La tête penchée sur le côté, l'énorme femme évalue, soupèse et juge Alma. Elle hoche en silence la tête et se pince le menton. Quelles pensées tournent sous son petit front bas ? La vieille femme jette un regard éclair vers son fils, toujours appuyé contre le chambranle. Lui aussi examine Alma, la caresse de son regard un peu vide. La Mère tape dans ses mains.

— Juan, va nous chercher de l'eau à la source.

— Le seau est rempli, geint le Fils.

— Donne-le à boire aux chevaux et prends la casserole. Bienvenue, el Manso. Tu es chez toi ce soir.

— Merci, la Mère. As-tu du foin pour leur remplir l'estomac ?

— Pas de foin, l'herbe autour de la maison fera bien l'affaire.

Danilo ne répond pas que les chèvres ont déjà tout tondu et que les chevaux vont passer la nuit sur la terre battue du corral. Il met pied à terre, desserre aussitôt les sous-ventrières pour que la panse de sa jument puisse enfin prendre ses aises, puis il va à la cage à poules. Elles sont groggys et caquettent à peine quand il plonge la main dans leur espace pour attraper deux paires de pattes maculées de jaune d'œuf séché et de fientes. Il les tend à la Mère qui les attrape sans un merci et les jette par-dessus l'enclos de ses chèvres.

— Tu peux descendre, Alma. On va enfermer les chevaux.

Alma déchausse les étriers et saute à bas de son hongre à qui elle glisse deux ou trois phrases murmurées. Quand le bât est retiré du dos de la mule, celle-ci s'étire jusqu'à se faire craquer les vertèbres. La journée a été trop longue pour les hommes comme pour les bêtes. D'une claque sur la croupe, il fait entrer sa jument dans l'espace clos, l'étalon chique les hongres pour passer devant et les poulains se faufilent entre les jambes des uns et des autres.

La Mère est rentrée mettre le bouillon sur le feu.

— Ces gens sont fiables ? chuchote Alma. Je ne veux pas qu'ils équarrissent un de nos chevaux pendant la nuit.

— On dormira d'un œil.

— Ta réponse n'a rien de rassurant.

— Il n'y a personne d'autre qu'eux pour nous accueillir aussi près d'El Bolsón. Ce sont les seuls *gauchos* de la zone. Tout le reste est soit construit pour le tourisme, soit sanctuarisé.

— On ne les a pas chassés ?

— Ils étaient là avant. Et la Mère a ses appuis à la Fédération agraire.

— Que serait-on sans appuis, grince Alma.

D'un geste brusque, elle époussette la toile de sa *bombacha*, retire son béret qu'elle frappe sur sa cuisse et franchit le seuil. La Mère est occupée à touiller le bouillon. Ses larges fesses bouchent la vue sur la cuisinière et coupent la chaleur. Il fait froid dans la cabane et le vent fait vibrer les carreaux. Danilo suit et le petit espace se réduit brusquement.

— Mettez-vous sur le lit.

Dans la pièce unique, il n'y a que deux chaises autour d'une table en formica, la cuisinière, une étagère et un lit une place. Où dort le Fils ?

— Merci de ton accueil. J'ai peur qu'on salisse tes couvertures avec la poussière de la route.

— Avec ce qu'il a plu, répond la vieille femme, elle va plus coller à ton pantalon qu'à ma couverture, la poussière. Qu'est-ce qu'il fait, mon niais, avec sa casserole d'eau ? Je n'ai rien pour préparer le maté.

Alors qu'elle se tourne vers la porte, un poing sur la hanche, le Fils rentre et pose sur la table sa casserole remplie. Aussitôt après, il se tourne vers Alma et cligne plusieurs fois des yeux nerveusement. Il ne détache pas son regard du long ruban de cheveux noirs qu'Alma a libéré de son béret et qui lui drape l'épaule gauche. Mal à l'aise, Danilo se lève et va fouiller sa sacoche d'où il sort sa gourde et son paquet d'herbe à maté. Il espère faire diversion et dégripper la mécanique primaire qui gouverne le Fils. Quelque chose d'inquiétant se noue dans l'esprit débile du type, il le voit dans ses prunelles fixes. Il ne sait pas si la Mère saura s'interposer. Si elle s'apercevra que son fils commence à déraisonner.

— Juan ! Bouge d'ici et prends une chaise, glapit la Mère, justement.

Elle pose sur la table deux bols fumants remplis d'un liquide à peine coloré.

— Voilà le bouillon. Y a que ça.

Danilo hoche la tête et se penche pour respirer le fumet qui se dégage. Parfois l'odeur suffit à calmer la faim. Ça sent bien la poule. Au fond du bol, une poignée de vermicelles se gonfle d'eau. Alma ne réagit pas. Elle a les yeux rivés sur le Fils, le cou tendu et les mains crispées sur le rebord du lit. Elle est prête à bondir, se dit Danilo, elle guette le moment où il faudra jaillir et mordre si besoin.

La Mère sent elle aussi la tension qui s'est installée.

— Juan, l'eau manque pour la vaisselle. Reprends le seau que les chiens et les chevaux ont vidé, rince-le et remplis-le.

Le Fils n'entend pas tout de suite. Il est assis sur la chaise et sa main gauche caresse le côté de sa cuisse. Avec sa lèvre tombante et son œil mi-clos, il semble très profondément enfoui dans sa rêverie. La voix de la Mère claque.

— Juan ! De l'eau !

— Mais j'en viens, geint le Fils, enfin tiré de sa torpeur.

— On en a encore besoin.

Avec des gestes rendus lents par mauvaise volonté, le Fils se lève et va chercher le seau dans la nuit.

— Range-moi tes cheveux, marmonne la Mère. Ça le perturbe.

Au balancement de son buste, Danilo sait qu'Alma hésite à s'opposer. Puis d'un geste preste, elle roule ses cheveux qu'elle fourre dans le col de son blouson. La Mère les regarde ensuite boire leur bouillon, à longs traits prudents. Puis Danilo s'essuie la bouche du revers de la main et annonce :

— Je vais voir les sabots.

Autrement dit, il a besoin de pisser. Il profite de l'absence du Fils pour sortir de la cabane et rejoindre la chaleur animale de ses chevaux. Dehors, le noir est complet. D'autres nuages sont venus s'encastrer dans le val et cachent la lune. Une très vague lueur orangée leur baigne le ventre de l'autre côté des crêtes qui les séparent d'El Bolsón. C'est suffisant pour lui permettre de trouver le corral et d'y entrer à tâtons. Les chevaux dorment flanc contre flanc et il n'a qu'à se baisser pour tâter leurs sabots, deviner du bout des doigts les brèches et désinfecter à bon escient.

Est-ce que c'est l'odeur chaude et un peu âcre de cuir et d'herbe rousse qui l'amollit, ou bien la fatigue ? Il ne sait plus bien depuis combien de temps il a quitté la cabane lorsque des cris perçants s'élèvent dans la nuit en même temps qu'un fracas de meubles renversés. Il sort en catastrophe, aperçoit derrière le carreau unique des silhouettes confuses et lorsqu'il pousse la porte, il découvre le Fils, assis sur le sol, hébété. Sur son nez et sur sa tempe gauche, le sang coule en rigoles et goutte sur la terre battue. La grosse Mère le tire par l'aisselle et de l'autre main se griffe la poitrine en vociférant :

— *Machi* !* Elle l'a tué, mon fils ! Mon fils !

Alma, silencieuse et la tête rentrée dans les épaules pour se préparer au choc du corps de la vieille femme qui hésite entre soutenir son fils et se jeter sur elle, tient encore à la main la casserole rapportée de la source. Danilo s'avance. Il n'est pas homme à s'interposer, en général il vaut mieux laisser les choses aller, elles s'apaisent d'elles-mêmes, mais il a vu le geste de la Mère qui a saisi près de la bassine de vaisselle le long *facón* avec lequel elle découpe la viande.

— Du calme, on va sortir. On sort. Alma ? Alma, dehors. On vous laisse vous remettre.

Il adoucit sa voix, la rend câline pour amadouer la vieille et sortir Alma de sa torpeur. Couteau contre casserole, il ne donne cher ni de l'une ni de l'autre. Il prend Alma par le coude et la force à ouvrir les doigts. La casserole tombe par terre. La Mère hésite puis range le couteau dans son dos, elle le garde à

* Sorcière mapuche.

portée de main. Gênée par l'énormité de sa poitrine et de sa bedaine, elle se penche et serre sur son sein grisâtre la tête du Fils qui gémit :

— J'allais pas lui faire mal. Je voulais juste…

— Je sais, mon fils, je sais bien.

— Juste ses cheveux. Elle aurait dû me laisser. Je ne voulais que toucher. Une mèche, une seule mèche pour moi.

— Elle a été idiote.

— C'est mon couteau, il coupe bien, elle n'aurait même pas senti. C'est moi qui l'aiguise. Pour lui, une mèche de cheveux, ce n'est rien à couper.

— Allez, calme-toi, fils. Laisse-moi voir ta vilaine blessure. C'est le crâne, ça saigne toujours beaucoup. Je te fais une infusion de pouliot, ça va te calmer. Il va falloir recoudre.

Elle crache sur le sol en terre battue et jette un regard mauvais en direction de la porte tandis que Danilo pousse Alma dehors.

Une fois la porte refermée, le froid de la nuit les enveloppe. Alma se tient à ses côtés, toujours muette et crispée, la main contre la cuisse comme si elle tenait encore la casserole avec laquelle elle s'est défendue.

— Qu'est-ce qui s'est passé ? demande Danilo en sortant de la poche de son blouson son tabac et une feuille à rouler.

Il n'obtient pas de réponse. La main en coquille pour protéger son allumette du vent, il allume sa cigarette et la tend à Alma. Elle tire sur le bout rougeoyant trois ou quatre fois avant de lui rendre la cigarette à demi consumée. Elle a la voix rauque, comme si elle avait beaucoup crié.

— C'est le taré. Il est rentré presque aussitôt après que tu es sorti. À croire qu'il te guettait. Il tenait sa casserole vide, il n'est jamais parti chercher d'eau. Il m'a coincée dans un coin de la pièce pendant que la vieille nettoyait nos bols. Il s'est collé à moi et m'a caressé les cheveux. J'ai… j'ai appelé la vieille mais elle faisait semblant de ne rien entendre. Je voulais…

D'un geste brutal elle essuie les larmes qui lui coulent sur les joues jusque dans le cou.

— Je voulais me défendre, mais il était si mou et si lourd à la fois, je n'avais aucune prise. Il a tiré son couteau de sa ceinture et je me suis dit que c'était la fin. Alors je lui ai arraché la casserole qu'il tenait de l'autre main et je l'ai frappé aussi fort que j'ai pu.

— Tu as bien fait.

— J'ai l'habitude de me défendre. Mais ces deux-là, avec leur gras et leurs yeux vides… je ne savais plus comment…

— C'est ma faute. Il y avait la cabane du Rabio plus loin, mais j'ai eu peur.

— Peur ?

— Du virus. Il a toujours des souris chez lui. Ça grouille sous le plancher. Elles donnent l'hantavirus. Tu l'attrapes et tu te vides pendant que tes poumons se remplissent de pus. Et tu t'étouffes tout seul. J'en connais deux qui sont morts comme ça. Tu as à peine le temps de te poser la question que c'est déjà trop tard.

— En effet… Je préfère encore la folle et son rejeton.

— Pour ce soir, on est là. On va dormir dehors.

En se dirigeant vers le corral, Alma reprend contenance. Elle ancre son pas dans le sol, se frotte le visage avec énergie et retrouve une voix plus ferme. Elle veut faire oublier qu'elle s'est montrée vulnérable.

— La vieille ne risque pas de venir nous piquer un cheval ou deux ? Ou d'ouvrir la barrière ?

Danilo sourit dans l'obscurité.

— Elle t'a traitée de sorcière. C'est ce qui pouvait t'arriver de mieux. C'est elle qui a peur maintenant. Qu'est-ce que tu as fait ?

— J'ai… j'ai crié quelque chose. Quand j'ai tapé. Je ne veux pas en parler.

Avec un hochement de tête qu'Alma ne peut pas voir, Danilo signifie son accord. Il n'en parlera pas non plus. Alors que le vent avait presque achevé de sécher le sol, la pluie se remet à tomber en gouttelettes fines et piquantes. Le corral est particulièrement exposé, tout est déboisé à vingt mètres à la ronde. Ils étendent une bâche sur le chargement posé à terre et se dirigent vers l'extrémité du plat où poussent quelques chênes qui gardent encore assez de feuilles pour leur offrir un abri. Il leur suffit de gratter le sol pour trouver la terre sèche. La pluie serrée qui est tombée ces derniers jours n'a fait que mouiller la surface. Dès qu'elle cesse, le vent essuie les arbres, les herbes, la roche. Plus bas, les abords du *río* Azul sont verts, gras et humides, mais sur les pentes comme ici, l'eau s'échappe et les arbres morts ne pourrissent pas.

— On fait un feu ? J'ai froid.

— D'abord la radio, répond Danilo. C'est l'heure des annonces du soir.

Il espère il ne sait trop quoi. Que le sort de l'étranger fasse l'objet d'une annonce. Au moins il saurait. Une demande de médecin en urgence, un avis de recherche pour celui qui a donné le coup de couteau, il est à l'affût du moindre signe parce qu'Eliseo, resté seul au *puesto*, a besoin d'entendre de son père sa sentence. L'étranger est mort ? Eliseo doit fuir. L'étranger a survécu ? Eliseo peut redescendre dans la vallée pour se soigner correctement et reprendre une vie normale. Danilo s'agite en attendant le début des annonces. Le sort de son fils le préoccupe. Est-ce que la fièvre est tombée ? Est-ce que l'infection a reculé ? Que fait Eliseo toute la journée ? Il l'imagine se traîner sur le pas de la porte, à l'abri de l'avant-toit, refaire connaissance avec le dessin des pics enneigés, réapprivoiser le souffle orageux du vent d'altitude… Que ressent-il à revenir au *puesto* ? Aujourd'hui le dernier moyen dont Danilo dispose pour panser le cœur d'Eliseo, c'est se renseigner pour lui sur le sort de l'étranger blessé et lui faire parvenir le message. C'est lui montrer que sa vie compte pour lui.

— C'est moi qui ai la radio, *che*. Je l'allume et tu fais le feu.

Il n'a pas fallu longtemps à Alma pour refermer la brèche. Elle a retrouvé son maintien crispé et ses intonations tranchantes. Rien ne sert de s'opposer, c'est vrai, c'est elle qui a la radio. Danilo préfère aller vite, manquer le moins d'annonces possible. Il s'éloigne pour rassembler le bois sec qu'il n'a aucun mal à trouver sous les silhouettes fantomatiques des arbres morts. Leur tronc et leurs branches lisses figurent exactement des os nettoyés à blanc par les *caranchos*. Il tend l'oreille pour capter au loin les échos de "Romeo, avec vous ce soir pour les annonces du *campo*".

— Ça vient de commencer, pas besoin de te presser comme une vieille femme qui court à l'église.

Danilo ne répond rien et dresse le feu comme il dresserait un autel. Les brindilles en tas bien aéré, les branches cassées en tronçons de même longueur disposées en toit pointu. Les annonces défilent et rien n'apporte d'éclairage sur le sort de l'étranger blessé.

"Lola Montes souhaite à son père Octavio un bon anniversaire. Petit papa, les examens se sont pas trop mal passés. Je viens de poster ton cadeau, en retard comme d'habitude, j'espère qu'il te plaira. Je pensais à des bottes mais je sais que tu ne portes que des jambières. Dis à maman que je fais des progrès en compta, ça lui fera plaisir."

"De la part des frères Piñera : on a le camion."

"Esperanza rappelle à Jorge, du puesto *Huemul, qu'il a rendez-vous chez le dentiste demain, docteur Diaz à 11 h 30, boulevard Roca."*

*"Les Gomez de l'*estancia *Mariposa ont besoin de deux* peones *supplémentaires pour* l'arreo *du mont Rodilla. Il faut contacter le contremaître par téléphone le matin avant 11 heures."*

"Offre spéciale à la pulpería *des Chauras, on déstocke les bocaux de cœurs de palmiers et les haricots rouges. Une boîte offerte pour deux achetées."*

"Sofia cherche un chauffeur pour la raccompagner au camping del Viajero, si quelqu'un passe au puesto *Puelo, n'hésitez pas, elle est de bonne compagnie."*

Danilo sourit dans la nuit. Il connaît Sofia, qui voyage souvent dans la camionnette de Fernando, le ravitailleur des *puesteros* de l'*estancia* Mariposa. Elle monnaie quelques heures de réconfort auprès des hommes isolés et accepte de leur lire les longs poèmes de Jorge Luis Borges ou l'incontournable *Martín Fierro* d'Hernández. Ils ont beau connaître les textes par cœur, écouter la voix chaude de Sofia, c'est autre chose. Quand elle descend de la camionnette où elle a voyagé assise au milieu des boîtes de cartouches et des sacs d'herbe à maté, c'est comme si le vent devenait brise et les piquants des *chauras* se faisaient plumes. Ça sait faire ça, une femme.

Toujours aucun écho du coup de couteau. Danilo ne sait pas si c'est bon signe ou pas. Il jette dans le feu un tronçon biscornu et s'aperçoit à la lueur ravivée des flammes qu'Alma fronce les sourcils. Plus encore que d'habitude.

— Une contrariété ?

— C'est mon affaire, réplique Alma.

Sa voix dure ricoche contre les troncs et les blocs de roche qui les séparent de la cabane. Le reste de la veillée se déroule en silence. Chacun fait chauffer son eau, chacun boit son maté. Dans la cabane à une trentaine de mètres, la lumière s'est éteinte. Danilo imagine la Mère et le Fils serrés sur la même paillasse, la bouche molle et le front moite. Deux étranges bêtes de foire que la solitude a rendues mauvaises.

Avant de se coucher, Alma se lève et va marcher seule. Elle tape du pied dans des amas de brindilles et Danilo sent bien que quelque chose l'irrite. Il a beau se repasser les annonces, il ne voit pas ce qui a pu accentuer l'humeur maussade de sa coéquipière. De retour de son errance sous les arbres, Alma se dévêt et prépare son emplacement près du feu avec brusquerie. Comme souvent quand la tension monte, Danilo fait le dos rond. Il esquive le regard acéré d'Alma, prépare sa couche en silence, ne fait pas de vague. Malheureusement, Alma compte bien évacuer les émotions indéchiffrables qui bouillonnent en elle.

— Si tous les gros propriétaires pansus n'avaient pas vendu leur terrain avec bonheur à cette putain de société d'exploitation hydroélectrique, on n'en serait pas là.

— Là, où ?

— Dans le trou du cul du monde. À trente mètres de fous furieux. À trente kilomètres de millions de mètres cubes d'eau qui peuvent à tout moment s'engouffrer entre les escarpements et nous engloutir.

— C'est comme ça. Et rien ne va s'engouffrer nulle part.

Alma ricane en tapant sa peau de mouton.

— Facile de faire le fataliste quand on a touché un gros paquet pour se refaire une vie.

— Qui a touché un gros paquet ?

— Toi, toi, gros *gaucho* satisfait.

— Mais… de qui j'aurais touché de l'argent ?

Elle l'imite et prend un ton geignard.

— *Mais de qui j'aurais touché de l'argent ?* Mais des corrompus du barrage hydro, *che*. Tu leur as vendu tes terres pour qu'ils puissent bâtir leur horreur.

Danilo sent bien qu'elle règle un tout autre conflit, mais il est là, et c'est lui qui prend. Elle crache dans le feu. Avec une grande lassitude, il répond :

— Rien. Je n'ai rien touché. J'ai été expulsé et voilà.

— Et tes chevaux, et tes moutons ? Tous ces prés d'estive ? On te les a rachetés, ne me prends pas pour une idiote. Tu as profité. Comme tellement d'autres.

— Les bêtes, oui. Mais pour la terre je n'ai rien touché. Du tout. Ni mon grand-père ni mon père n'ont jamais obtenu de titres de propriété. L'hectare avait flambé quand la question s'est posée au début du siècle et on n'a jamais pu faire reconnaître quoi que ce soit. Même si la piste, ce sont nos ancêtres qui l'ont ouverte et creusée. Même si on était là bien avant les *estancias*. C'étaient des terres d'État. On m'a chassé quand on a décidé de faire autre chose de cet endroit que de laisser un troupeau y paître.

Une poignée de secondes, on n'entend plus que les crépitements du feu. Alma brise le silence d'une voix étranglée.

— On t'a expulsé ?

— Oui.

— Et tu n'as rien dit, tu ne t'es pas battu ?

— Je le savais quand j'ai repris l'activité, que je n'étais pas officiellement chez moi. Je n'ai pas à jouer les martyrs aujourd'hui. C'est la Patagonie, c'est compliqué et simple à la fois. Ça ne change rien.

D'un mouvement hargneux, Alma s'enroule dans son poncho et s'écroule sur le sol comme un enfant se laisse tomber face contre terre pour protester contre l'injustice du monde. Elle est encore palpitante de cette incompréhensible colère, mais elle ne dit plus rien. À l'instant où elle se retourne sur son épaule pour faire dos au feu, Danilo croit l'entendre murmurer :

— Imbécile, ça change tout.

Les crépitements de la branche de résineux jetée dans les flammes avant l'extinction des feux suffisent à habiter le silence du soir.

6

Quand les bras de son père l'arrachèrent à son matelas de crin, Alma crut à un tremblement de terre. Les battements de son cœur s'affolèrent en une seconde et elle se raidit par réflexe.

Le sommeil rendait sa langue collante et ses lèvres molles. Elle bredouilla :

— Va bou ? Où ? Pou'quoi tu me…

— C'est le feu, Alma. Accroche-toi.

— Mon *quillango* ?

— Pas le temps.

— L'Ancienne !

— Je m'en occupe.

Ils laissèrent derrière eux le lit, la couverture de fourrure toute douce qu'elle n'avait jamais quittée depuis sa naissance, le début de toile aux couleurs de la famille qu'elle tissait avec l'Ancienne, la timbale d'argent, et l'Ancienne, surtout, qui poussait des cris de terreur dans sa chambre close.

Dans la pièce commune, la lumière était vive et mouvante, Alma ne put garder ouverts ses yeux encore noyés de sommeil et elle cacha son visage au creux du cou de son père.

Elle sentit sur sa peau la brûlure cuisante des flammes, du bois des murs qui rougeoyaient déjà, du plancher qui n'était plus qu'un tapis de braises fumantes. La table flambait au milieu de la pièce enfumée. Alma tenta d'entrouvrir les yeux et vit par la porte ouverte le noir de la nuit offrir une toile de fond aux gerbes d'étincelles qui jaillissaient à chaque craquement. Le feu était une chose belle et fascinante, vue des bras solides de son père qui la portait dehors.

Devant la maison embrasée, la silhouette de la Rechoncha émergea de la fumée. Elle était debout dans sa longue chemise, le visage et la poitrine nimbés de l'orangé du feu, pieds nus au milieu de la rue de terre. Lorsque son père lui tendit Alma, elle la serra à l'étouffer.

Le bruit dévorant du brasier absorbait tout autre son, jusqu'aux bêlements éperdus des chèvres prisonnières de leur enclos. Hypnotisée par la danse serpentine des flammèches, Alma oubliait de songer à Candida, la vieille biquette à qui elle confiait ses joies et ses peines. Les rideaux de la fenêtre se tordaient en se consumant et semblaient possédés par un esprit démoniaque, Gualicho* peut-être. Sous l'effet de la chaleur, le verre des carreaux explosa. La fumée filtrait entre les murs de planches avec un débit fiévreux et Alma songea que ce qui est beau peut être aussi monstrueux.

Serrée contre la cuisse de sa mère, elle ne comprit pas le hurlement de bête qui monta dans la nuit, l'enveloppant d'une onde de désespoir au-delà de toute expression. Puis elle leva les yeux et vit la bouche ouverte de la Rechoncha, ses deux mains tendues vers le brasier, ses yeux noirs où dansait le reflet dément des flammes :

* Esprit mauvais dans la spiritualité tehuelche.

— Reviens !

Affolée, Alma n'eut qu'une seconde pour voir son père s'engouffrer dans la maison par la porte qui soufflait un air incandescent alors que les murs flambaient jusqu'au toit. Il allait chercher l'Ancienne. Parce que sans l'Ancienne, toute la famille allait sombrer dans la nuit de l'oubli, son père l'avait toujours dit.

Dans la nuit elles étaient deux, seules.

Puis dans une déchirure monstrueuse, le toit s'effondra.

Le grondement du feu se suspendit un instant, il n'y avait plus d'air pour nourrir son appétit dévorant.

Dans le silence étrange qui se répandit alors, Alma sentit grandir dans sa poitrine une souffrance insupportable tandis qu'un mugissement sauvage s'échappait de sa mère et lui emplissait de cendres les oreilles, le nez, la bouche et même les yeux.

La Rechoncha s'écroula sur la terre dans un grand affaissement de coton clair.

Toute droite dans sa chemise de nuit trop petite, Alma n'eut aucun cri, aucun geste. Ne subsistait en elle qu'un blanc immense.

Vu du ciel, vu du haut du mont Ga'woi, vu des cimes enneigées qui marquaient la limite avec le Chili, le tas de bois calciné qui rougeoyait si fort ne devait pas être plus gros qu'une épingle perdue dans le noir profond de la vallée. El Sabio, l'Ancienne, la Rechoncha et Alma étaient insignifiants. L'agitation fébrile et les gémissements s'évanouissaient dans le vaste silence de la nuit patagonne.

Des voisins sortis dans la rue, pas un ne bougea. Le reflet des flammes leur faisait des yeux creux.

Alma n'était plus qu'une steppe aride et nue. Les jambes agitées de spasmes, sa mère se redressa sur un coude et pointa l'index vers les voisins restés dans l'ombre. Puis elle rassembla l'air dans ses poumons et l'expulsa en un rugissement féroce :

— Assassins ! C'est vous, c'est toi la Sucia, la Muda, toi aussi el Flacucho… Assassins…

L'un après l'autre, les voisins silencieux rentrèrent dans leur maison de planches et de tôles, refermèrent la porte et laissèrent Alma et sa mère gémir devant le feu qui mouronnait.

7

La pointe d'un caillou agace la hanche de Danilo qui se tourne face au feu. Habituellement, il préfère dormir le visage au frais et le dos offert à la chaleur des braises mais la pierre qu'il a négligé de retirer avant d'étendre ses peaux de moutons sur le sol ne lui laisse pas de répit. Il faudrait qu'il se lève et qu'il fouille sous sa couche mais il n'a vraiment pas le courage de desserrer l'étau protecteur que lui fait son poncho. La pluie tombe doucement et chuchote entre les feuilles vernissées. Ils ont beau être protégés sous la ramure des *ñires*, parfois une grosse goutte s'écrase sur son épaule et il la sent traverser la laine épaisse. Le feu mouronne tant bien que mal. Parfois l'eau accumulée sur les feuilles se déverse d'un seul coup sur la cendre brûlante dans un bruit de bière qu'on décapsule. Les sons de la nuit le bercent : clapotis de la bruine dans le feuillage, échos indistincts dans la vallée, roulement du *río* plus bas, vent qui joue dans les herbes sèches… Le brame tire à sa fin et un raire solitaire résonne de loin en loin, faisant rouler contre les blocs de roche un grondement rauque.

Il n'y a que le sommeil agité d'Alma qui l'empêche de se laisser glisser dans le sommeil. Elle mâchonne et grince des dents, gémit parfois. Cette fille le tracasse. Il l'observe à distance depuis le début, se fait une idée à peu près cohérente du personnage et en quelques mots, en quelques gestes, elle rebat complètement les cartes et s'échappe du cadre dont il a besoin pour fonctionner sereinement. Il sait s'adapter, mais c'est un lent. Les brusques changements d'humeur et d'attitude d'Alma le font se sentir maladroit, il a l'impression de faire le portrait d'un enfant qui ne tient pas en place. Alors qu'il la pensait dure, elle a semblé ébranlée par son histoire d'expulsion, alors qu'il la pensait raide et par extension, franche, il la sent tout à coup louvoyer.

Que fait-elle ici ? La question lui revient sans cesse et le tourmente de plus en plus. Elle est clairement native, bien moins métissée qu'il ne l'est, lui, mais il n'arrive pas à savoir à quelle réalité elle appartient. Elle a des réflexions de gens de la ville et pourtant elle sait sangler une selle de *gaucho*. Elle murmure une langue qu'il n'a jamais entendue parmi les *peones* mapuches qu'il a rencontrés en donnant des coups de main au moment de la tonte dans les grandes *estancias*. Qui fuit-elle ? Et à qui demeure-t-elle loyale ? Lui n'a pas grand-chose à cacher ni à perdre. Qu'elle soit acquise à la cause des natifs, à celle des communistes, à celle des grands propriétaires (il en doute), ou à celle des écologistes, il ne voit pas tout à fait quel tort elle pourrait lui causer. Maintenant qu'il est dépossédé de tout, son seul point faible, c'est Eliseo.

Il a besoin de rejoindre au plus vite la vallée d'El Bolsón où il pourra prendre des nouvelles de l'étranger et sentir si quelqu'un cherche un responsable. La vieille et l'idiot ne diront rien, même s'ils savent quelque chose, et Danilo ne fait aucunement confiance à leur bonne foi. S'ils perçoivent chez lui une hâte à savoir, ils lui feront payer au prix fort leurs informations et trouveront un moyen de faire dire tout et son contraire à la rumeur qui court le *campo*. C'est à la *pulpería* sur la route du lac Puelo qu'il espère trouver un tenancier bavard et un émetteur radio.

Il doit bien à son fils de le rendre à cette vie agitée à laquelle il tient tant. Danilo a découvert une forme de félicité dans la solitude. Eliseo trouve un répit dans l'agitation. C'est sa façon à lui de s'anesthésier. Danilo l'a bien compris, Eliseo est venu chercher le soutien parce qu'il espère le pardon, pardon pour Popín, pardon pour la négligence, pardon pour la coupure. Il attend toujours que son père l'absolve. Mais Danilo n'a pas su parler.

Il soupire puis se pelotonne dans son poncho. L'odeur de laine humide l'enveloppe comme un linceul, une odeur qui a fini par ne plus avoir de sens précis à force de tout signifier : la pluie, l'abri, le dehors humide, les vêtements qui sèchent sous l'auvent, le repos et la lourde fatigue des chevauchées interminables. Il respire l'odeur de suint qui jamais ne s'efface complètement et se laisse chavirer dans le sommeil.

8

Treize jours après que Popín eut l'air sorti d'affaire, Danilo se pencha sur la tête ébouriffée de son fils qui émergeait à peine des couvertures. Il respira au creux de son cou le parfum moite du repos et de la laine humide. Tout ensommeillé, Popín lui sourit mais Danilo lui trouva un air penché. Alors qu'il lui saisissait le menton pour comprendre d'où lui venait cette mine asymétrique, Rosa s'interposa et s'agenouilla face au petit.

— Qu'est-ce qui t'arrive ? Ta bouche ne marche plus ?

Entre ses dents, Popín répondit :

— Je sais pas. C'est bloqué.

Luttant contre l'affolement, Rosa se tourna vers Danilo, la lèvre frémissante, et lui murmura :

— Il a une maladie.

Le mot avait de quoi effrayer, à quatre jours de cheval du premier médecin, et Danilo n'était pas un homme à le prendre à la légère. Mais les brebis les plus tardives continuaient de mettre bas dans le corral où il avait rassemblé les dernières bêtes pleines et il fallait tirer les petits hors de leur ventre, les apporter aux nourrices et faire sortir les futures laitières avant que les agneaux ne soient trop perturbés pour s'attacher à leur mère adoptive. Les autres années, Danilo n'avait lancé l'*arreo* des moutons au *puesto* qu'après les derniers petits nés, mais il avait peu plu au printemps et l'herbe ne poussait plus assez vite dans les prés d'hivernage. Il avait fallu monter plus tôt avec quelques bêtes pleines et terminer les agnelages au *puesto*. Les bêtes étaient fatiguées et les complications plus fréquentes. Il semblait impossible à Danilo de s'absenter pour cinq ou six jours à ce moment précis.

— On laisse passer la matinée. S'il est toujours bloqué, Eliseo l'amènera.

À midi, Popín allait mieux et put boire du lait frais, manger deux œufs et l'on crut l'affaire terminée. Eliseo lui assena une tape virile sur l'épaule, heureux de le voir reprendre des couleurs. Le petit Popín s'essuya en protestant au sujet des mains sales de son aîné, puis soupira profondément quand Rosa sortit de l'unique tiroir de la table les vieux cahiers d'Eliseo qu'elle essayait de lui faire déchiffrer en vue de son entrée à l'école.

— Je suis encore malade, maman, j'ai besoin d'air !

Il trépignait et montrait du doigt le ciel dégagé, les prés émaillés de calcéolaires jaune vif, les poulains allongés près de la source. Danilo lui caressa les cheveux en souriant, heureux que son fils manifeste une franche préférence pour le dehors. Eliseo n'avait pas ce goût pour la vie du *campo* et Danilo commençait à compter sur Popín pour prendre sa suite, même s'il avait à peine huit ans.

— Travaille un peu et ne fais pas tourner maman en bourrique. Ensuite tu m'apporteras l'eau pour le maté.

Grognon, Popín poussa un soupir exagéré et se traîna jusqu'à la table. Ses joues brunes et ses cheveux hérissés d'épis lui donnaient d'irrésistibles arguments pour faire plier Rosa qui écourtait systématiquement les moments d'étude. Avec ses grands yeux veloutés, il savait obtenir de chacun à peu près tout ce qu'il voulait et, comme il savait se montrer reconnaissant, personne ne lui en tenait trop rigueur.

Danilo les laissa, pressé de rejoindre Eliseo qui était parti à peine le repas terminé pour repérer les brebis les plus "mûres". Le soleil de septembre faisait tomber une lumière crue sur l'herbe acidulée, le vent ne soufflait pas excessivement, l'après-midi se présentait bien. Le temps passa vite, cinq agneaux furent tirés des ventres alourdis et, quand Danilo s'aperçut qu'il n'avait pas eu son maté, il faisait presque nuit.

Épaule contre épaule, le père et le fils rentraient au *puesto*, oscillant sur leur cheval en silence. La lumière de la cabane les guida dans la nuit d'encre, la lune était nouvelle. Aussitôt la porte ouverte et les chaussures jetées sous la marche pour la nuit, Danilo sut que Popín n'allait pas bien. Il y avait dans la pièce unique une odeur de fièvre et de sueur acide. Rosa se tenait sur le tabouret de traite, près de la couche où Popín reposait, grisâtre.

— J'ai pas osé le laisser pour venir te voir, à un moment il tressautait comme un poisson qu'on tire de l'eau, murmura-t-elle, le visage tendu.

— C'est la fièvre. Il y a autre chose ?

— Il se plaint de migraine. Tu crois qu'il a une infection ?

La main glissée sous le béret pour se gratter la nuque, Danilo réfléchit.

— Dans le doute, on va lui injecter tout de suite des antibios. Je ne vais pas le descendre dans cet état. Il faut que le médecin monte.

— Et comment ? On n'a pas d'émetteur.

— Je vais chez les Indiens. Je sais que le représentant a de quoi émettre. Ça me prendra quatre heures, je pars maintenant.

— Attends, on lui injecte quelle quantité ? Ce n'est pas un homme de quatre-vingt-dix kilos.

Tout en décrochant du mur son poncho le plus épais, Danilo répondit :

— Mets la moitié. Ça ira, je pense.

Les mains tremblantes, Rosa acquiesça et se leva pour sortir de la boîte à pharmacie ce qu'il lui fallait. Danilo donna au passage une tape sur l'épaule d'Eliseo, qui s'effaça pour le laisser passer, et sortit dans la nuit.

Il était minuit lorsque Danilo emprunta la seule rue de la communauté de l'autre rive du *río* Azul. Il n'y était allé que deux ou trois fois mais savait que la maison qui disposait d'une turbine hydraulique était celle du cacique. Les fenêtres étaient toutes éclairées et lorsqu'il frappa à la porte, il entendit un remue-ménage important. Un grand Tehuelche brun aux traits tirés lui ouvrit.

— Excuse-moi de te déranger, c'est le *gaucho* de l'autre rive.

— Je te connais. Ma femme accouche en ce moment. Tu as un problème ?

— Mon fils a une fièvre terrible, j'ai besoin d'un médecin. Tu as toujours ton émetteur ?

— Vas-y. Je retourne auprès de la Rechoncha. L'Ancienne n'y suffit pas.

La porte fut ouverte en grand et le chef de la maison s'en retourna dans la pièce du fond d'où s'échappaient des bouffées d'air moite et des gémissements. La maison était trois fois plus grande que le *puesto*, le parquet brut semblait parfaitement propre et Danilo fut ennuyé de constater qu'il avait gardé ses chaussures. Près de la cuisinière, un grand frigidaire ronronnait et il fut content de constater qu'on pouvait vivre dans le *campo* avec un confort qui n'avait rien à envier à celui des maisons de ville. Mais les améliorations qu'il pourrait apporter au *puesto* ne le rendraient pas plus proche des écoles ni des médecins. Le souvenir de Popín, exsangue sur sa couche, l'aiguillonna et une fois son appel émis, il quitta la maison sans avoir remercié el Sabio qui se faisait probablement labourer l'avant-bras par sa femme. La porte se referma sur un long cri qui semblait provenir du fond des âges et Danilo crut entendre le pleur d'un nourrisson au moment où il enfourchait sa jument. Il était soulagé de savoir l'accouchement accompli, mais alors qu'il trottait en laissant le village dans son dos, il eut la dérangeante sensation que l'âme du nourrisson s'éveillait tandis qu'une autre s'éteignait au même moment.

À 4 heures du matin, il trouva Rosa toujours assise sur le tabouret de traite, endormie au creux de son bras replié sur le lit. Popín reposait sur le drap froissé, ses cheveux noirs collés sur ses tempes. Sa respiration semblait calme. Eliseo, allongé comme d'habitude sur un matelas de peaux de moutons, se redressa sur un coude lorsqu'il entra.

— Les antibiotiques ont l'air de marcher, chuchota-t-il.

— Alors c'est bien. Le docteur va arriver en quad.

— On ne passe pas en quad dans les gorges, protesta Eliseo.

— Il prendra la route du nord qu'emprunte la camionnette de Fernando. À mon avis, il sera là demain soir.

Au petit matin, Popín semblait en voie de guérison, mais quand la nuit tomba, il se plaignit de douleurs insupportables dans le dos. Voir son petit gémir et s'arc-bouter pour essayer de contenir la souffrance était pour Danilo un spectacle insoutenable. Il se mordit le poing jusqu'au sang de se sentir impuissant. Rosa prenait son fils à bras-le-corps, s'y arrimait pour l'empêcher de convulser. Le petit tressautait, semblait possédé, faisait de tout son corps un arc bandé à se rompre. Pendant deux heures, les hurlements de Popín firent trembler la cabane, Eliseo pleurait, le dos contre l'appentis des poules, les mains sur les oreilles et la tête entre les genoux.

Puis le calme.

Le silence qui accueillit le docteur était de plomb. Le petit homme sec posa sa sacoche à terre, écarta Rosa qui couvrait de son corps celui de son petit, et il tira de son col son stéthoscope. En se penchant par-dessus l'épaule du médecin, Danilo remarqua les lèvres bleuies de son fils, ses paupières mauves, ses ongles violacés.

— Il a quoi, docteur ? Les antibiotiques avaient l'air de bien marcher ce matin.

Le sourcil froncé, le médecin lui fit signe de se taire et Danilo se recula dans l'ombre de la cabane. Puis, avec des gestes lents, le médecin retira son appareil de ses oreilles et se tourna vers Rosa puis Danilo :

— Est-ce que votre petit garçon s'est blessé récemment ?

— Blessé ? Pas particulièrement, commença Danilo.

— Oui, répondit Rosa en même temps, une petite coupure qu'il s'est faite dans le ruisseau, quand…

— Avec quoi, coupa le médecin.

— Avec un morceau de barbelé, murmura Eliseo qui était entré à la suite du médecin et se tenait, silencieux, appuyé contre le chambranle de la porte ouverte sur le crépuscule.

— Quand ?

— Il y a une petite quinzaine de jours.

Le médecin prit entre les siennes la petite main moite de Popín et observa la coupure blanchâtre qui suintait. Puis, joignant les deux mains sur ses lèvres, il soupira profondément. Il piocha dans sa sacoche deux flacons et une poignée de seringues dans leur sachet plastifié. Danilo sentit un étau se desserrer sous ses côtes, le médecin avait de quoi régler le problème. Le regard brillant de soulagement, il saisit l'épaule de Rosa et la lui broya, il avait du mal à maîtriser le tremblement d'excitation et de soulagement qui lui faisait vibrer le cœur.

— Ça va aller alors ?

— Alors, monsieur, madame, je suis vraiment désolé.

Un serpent visqueux naquit dans les intestins de Danilo et se mit à s'enrouler sur lui-même. La joie de l'instant précédent se mua en désespoir immense. Les mots du médecin lui parvinrent dans une brume cotonneuse. Tétanos. Trop avancé. Antibiotiques pas suffisants. Cœur qui se ralentit. Manque d'oxygène. Pas le temps. Morphine pour les crises douloureuses. Quelques heures.

Toute la nuit, le médecin demeura près d'eux. Rosa et Danilo, démunis, se relayaient auprès de Popín qui s'éloignait dans les brumes de la morphine, de plus en plus loin. L'espérance était comme la mèche d'une bougie qu'on vient d'éteindre entre deux doigts : elle fumait encore mais ne se ranimait pas, elle les laissait seuls dans le vide creusé par sa fuite. Chacun dérivait en lui-même, Rosa qui caressait le front de Popín, Eliseo qui ne s'approchait pas et semblait vouloir se fondre dans le mur de planches, et lui, Danilo, qui ne savait que se tordre les mains de douleur et n'arrivait pas à prendre Rosa contre lui.

Quand le ciel se mit à blanchir, le médecin épuisé s'approcha de Popín, éteignit la lampe qui brûlait encore sur la table et leur dit :

— C'est fini.

JEUDI

23 AVRIL 2015

1

Longtemps le son des gouttes qui s'écrasent sur sa bâche empêche Alma de trouver le sommeil. Elle se tourne sur le côté, s'ankylose, s'installe sur le dos, reçoit une grosse goutte charnue sur le front, s'essuie et recommence : côté gauche, dos, côté droit, dos. Elle n'arrive pas à s'endormir sur le ventre, elle étouffe. Les derniers mots de Danilo la travaillent. Elle pensait punir deux coupables en un seul coup d'éclat, elle réalise à mi-chemin que l'un des deux est une victime, comme elle. Elle relit chaque minute de l'*arreo* à la lumière de ce que Danilo lui a révélé la veille. Plus qu'une transaction juteuse, la vente de ses chevaux est pour Danilo l'ultime dépouillement. Elle n'a pas pitié, certainement pas, elle n'a pas ce luxe parce que tout est en marche et que quoi qu'il arrive, Danilo perdra tout. Elle lutte contre le renversement de sa vision des choses, refuse à Danilo son nouveau statut de brave type qui mord la poussière sans broncher, elle le hait de la faire se sentir fautive, elle qui s'imaginait justicière. De toutes ses forces elle froisse le schéma qui s'est brusquement dessiné, elle en fait une boule compacte qu'elle jette loin au fond de son esprit pour l'y perdre. Ça se passera comme prévu. Même si elle le voulait, elle ne pourrait plus rien changer. Même si ce type n'est pas l'ordure et l'opportuniste qu'elle pensait, il a forcément dans son petit jardin secret quelques cadavres enterrés, quelques crimes dont il est coupable, comme tous. Il sera puni pour toutes ces fautes qu'elle ignore mais qui existent nécessairement.

Lorsqu'elle sent Danilo se redresser dans son poncho et que le crissement de sa barbe naissante sous ses doigts durs lui chatouille l'oreille, Alma a l'impression d'être réveillée depuis des heures. Toute la nuit, elle n'a cessé d'osciller entre remords et détermination, elle a changé dix fois d'avis. Sa vengeance était un acte de justice. Sans la certitude de rétablir un équilibre, elle perd le sentiment de réparer ce qui était brisé. Elle vacille. Danilo, qui s'est probablement endormi avec l'impression que s'est nouée entre eux une forme de complicité, la salue plus chaleureusement que d'habitude.

— Bien dormi ? La pluie me berce, j'espère que je n'ai pas ronflé.

Sa bonhomie la heurte, il l'exaspère de ne pas comprendre qu'elle a décidé depuis le début de lui planter un couteau dans le dos. Elle détourne le regard et ne répond que d'un haussement d'épaule.

— Compliqué d'allumer un feu, tout est trempé. Pas de maté ce matin, dit-il en s'excusant presque.

— Pas plus mal de déguerpir avant que les tarós ne viennent nous chercher des poux. Que le Colo Colo* s'installe sous leur maison.

Du coin de l'œil, elle voit Danilo tressaillir. Il fait partie de la vieille génération, celle qui croit encore

* Mythe du *campo*, plutôt lié au Chili : le Colo Colo est un serpent qui naît d'un œuf de coq et se nourrit du malheur de la maison sous laquelle il s'installe.

un peu aux mythes, celle qui jure avoir croisé un jour le cavalier noir sans visage, le Mal incarné. Elle a perdu quelque part dans les immeubles délabrés de la Boca cette naïveté du *campo* et, si elle invoque aujourd'hui le Gauchito Gil* ou le Colo Colo, c'est avec une distance ironique.

Après avoir roulé leurs affaires et sellé leur cheval, ils s'accoudent à la barrière branlante du corral des Extraños. En silence, ils examinent chaque poulain, chaque jument. La mémoire visuelle des *gauchos* est un sujet de fierté nationale, chaque biographie de pionnier en fait mention avec une admiration non feinte : *"Ces hommes abrupts sont capables de reconnaître individuellement chacune de leurs huit cents brebis et de distinguer immédiatement s'il en manque ou si le troupeau d'un voisin s'est mélangé au leur."* Elle l'a lu dans les bouquins oubliés par les clients au refuge de pêche de Bariloche. Avec le marquage des bêtes, ce sens s'est émoussé mais elle devine que Danilo l'a gardé intact.

Il lui donne un coup de coude qui déclenche dans tout son bras une décharge électrique et dit :

— Le poulain bai qui a le trot élastique…

— Celui qui a la pointe de l'oreille gauche plus claire ?

— Oui.

— Quoi ?

— Il fatigue. Il faudra le laisser quand on sera au sud d'El Bolsón, je connais des gens qui le garderont et je reviendrai le prendre dans un mois.

— Pas question, le contremaître attend tous les chevaux, proteste Alma qui sent sa gorge se nouer. Déjà qu'on a une jument en moins…

* Personnage légendaire faisant l'objet d'une dévotion populaire.

— Tu sais bien que l'important, c'est l'étalon. Si on doit revenir chercher un poulain, c'est toujours moins embêtant que de lui amener un cheval qui traîne la jambe et qui ne sera plus jamais solide.

Les yeux rétrécis, à peine plus visibles qu'un bouton de culotte perdu dans l'eau frémissante d'un torrent, elle essaie de peser le pour et le contre. Elle se souvient du regard de ceux qui se font appeler parfois les cousins Jamirez, parfois les frères Torres, parfois les Piñera… Elle les a choisis aussi pour ça, pour cette fixité dans le fond de l'œil, pour leur économie de gestes et de mots, pour leur bouche en lame de couteau et leur poignée de main rude. C'est parce qu'ils sont sans affect, sans scrupule et qu'ils ne connaissent pas la compassion qu'elle leur a apporté l'affaire : quinze chevaux, dont un étalon de prix. Ils n'ont pas d'idéal, pas de rancœur, pas de projet d'avenir. Elle ne voulait pas avoir la possibilité de revenir en arrière, elle s'est piégée elle-même en sélectionnant des complices qui ne règlent pas leurs affaires au couteau, mais à la 22 long rifle. Aussi elle craint de s'exposer à leur déplaisir, d'autant plus qu'elle arrive avec une jument en moins. Or le fourgon, le chauffeur, les faux documents de transport ont un coût. Si l'opération n'est plus assez rentable, elle sait bien que les Piñera ne rogneront pas sur leur part et elle compte sur cet argent pour redémarrer quelque chose ailleurs, en Uruguay peut-être, puisqu'elle a décidé de brûler ses vaisseaux. Une fois de plus. Pour régler des comptes qu'elle sait bien, au fond, ne pas pouvoir apurer.

— On l'emmène. Je connais le contremaître, il préférera avoir tous les chevaux quitte à leur offrir quelques semaines de convalescence plutôt que d'être déçu de nous voir arriver avec deux chevaux de moins que prévu.

Dubitatif, Danilo émet un bruit de bouche exaspérant puis se détourne et enroule son fouet en une boucle plus serrée. Elle a remarqué plusieurs fois que c'est un signe d'agacement chez lui. Comme il ne dit jamais un mot plus haut que l'autre, il enroule son fouet en tordant fort ses boucles. Ça le calme, sans doute.

Les chiens s'éveillent et s'étirent. La pluie ne s'est pas arrêtée, ils ont le poil collé aux flancs et ne sont pas pressés de se séparer les uns des autres. Il faut que Danilo siffle deux fois pour qu'ils se dressent enfin sur leurs pattes et acceptent de rentrer dans l'enclos pour en faire sortir les chevaux.

Dans leur cabane, les Extraños émergent aussi et la Mère balance sur son seuil le seau de la nuit. À croire qu'elle aime marcher dans sa propre pisse. Pas un échange de mot ni de regards, le Fils reste cloîtré à l'intérieur et la Mère referme vite la porte. Elle a peur. Elle craint les mots inconnus qu'Alma leur a jetés au visage, ces mots qui sont faits pour raconter le vent, l'eau et le recommencement mais qu'elle a rendus rugueux pour se construire un bouclier.

Une fois en selle, Alma sent dans l'intérieur de ses cuisses des courbatures qui la font grimacer quand elle enfile ses étriers. L'odeur familière de son hongre l'enveloppe et, dès les premiers pas, elle retrouve cette fusion de mouvement qu'elle ne connaît avec aucun autre être. Les hommes, notamment, ne savent pas lui donner cette étreinte puissante et harmonieuse. C'est dans le balancement hypnotique du pas qu'elle peut enfin relâcher ses trapèzes, son petit cou noueux, même les muscles de son visage se fatiguent d'être crispés. De pétrifiée, son âme redevient liquide et se meut plus librement autour d'elle. Elle laisse son cheval marcher et se sent comme le ruisseau qui trouve un passage entre des galets amassés, elle coule de nouveau librement. Comme elle regrette que le charme se rompe chaque fois qu'elle met pied à terre. Cependant, même en selle, s'il arrive qu'elle songe à l'eau coupée dans son élan derrière le barrage, qui se ramasse et se roule sur elle-même pour rassembler ses forces, sa fragile sérénité s'effrite. Pour combattre cette angoisse qu'elle ne peut pas raisonner, elle parle, elle murmure à l'oreille de sa monture des comptines et des poèmes, elle raconte le paysage, l'enfance, le gris bleuté du ciel, parce que la langue qu'on parle est comme le torrent qui coule. La langue qu'on ne pratique pas est semblable à l'eau qu'on retient, elle s'appauvrit en oxygène, elle finit par croupir. Ou par faire céder les digues quand elle est suffisamment gonflée de colère. Pour l'instant, Alma raconte à son hongre et aux chiens qui courent près d'elle ses hésitations, son impossibilité à arrêter une machine qui la dépasse, son besoin de réparation. Est-ce que le *gaucho* n'est pas déjà résigné à tout laisser derrière lui ? Mais la déception qu'elle va lire dans ses yeux calmes… Est-ce qu'elle est prête, vraiment prête, à la regarder en face ? Pourtant l'avis des hommes n'a jamais compté. Elle s'est ramollie, elle a fissuré l'armure et elle sait que c'est des plus petites blessures que naît la gangrène. Puisqu'elle n'a pas le choix, que les Piñera ne la laisseront pas changer leurs plans, elle va se boucher les yeux et les oreilles, elle va foncer et ne surtout, surtout pas se retourner. Pour y parvenir, elle se mure à nouveau dans sa posture cassante, elle se soude le cœur pour ne pas s'attendrir et elle s'efforce de rêver à cette vie facile et légère qu'elle va trouver après ça. Quand Danilo se tourne vers elle pour lui indiquer une cavité creusée dans la roche où s'abriter pour se remplir l'estomac de maïs et de mouton qui sent fort, elle serre tellement les molaires qu'une crampe lui paralyse la mâchoire. Deux jours à tenir encore.

Enfin, enfin l'étau de roches se desserre autour de la file des chevaux qui se sont accoutumés à marcher le chanfrein collé au cul du précédent. Le torrent s'assagit, s'étale comme au jour des sables mouvants et Alma se contracte à l'idée de faire marcher son hongre sur les rives mouillées. Entre les filets d'eau galopante, le sable s'est mué en surface de galets mouchetés où s'accrochent des bouquets d'herbe dure et quelques arbustes chétifs. Trois lièvres bien gras s'égaillent lorsqu'ils entendent le pas des chevaux qui fait jaillir des éclaboussures scintillantes. Le vent se lève, agite la ramure des *maytenes* qui ploient vers l'eau comme s'ils cherchaient à y tremper leurs branches. Alma voit davantage de ciel, se sent moins oppressée par le couvert incandescent des *ñires* en robe d'automne et par les silhouettes blanchies des arbres morts.

Bien sûr, ils continuent d'avancer dans un goulet, l'effacement réel de la paroi qui les coupe d'El Bolsón n'interviendra que lorsqu'ils passeront dans la province de Chubut. À ce moment-là, ils marcheront entre deux chaînes de montagnes distantes de plusieurs kilomètres, telles les échines de deux chiens couchés côte à côte. Ils verront alors le flanc rouge des roches ferrugineuses, les empilements de couches géologiques penchées comme les pages d'un livre tombé ouvert sur le sol. Le trajet initial prévoyait ensuite d'atteindre le plat, l'immensité du désert gris et des lacs salés qui file jusqu'à l'Atlantique. Étonnamment, elle se sent plus à l'aise dans la steppe inhospitalière, loin des replis rocheux, des encaissements, des strates superposées. Comme s'il lui fallait de l'air, de l'air, de l'air. Mais elle sait qu'ils dévieront avant de retrouver la steppe et les chevaux ne connaîtront pas l'ivresse de galoper sans aucune contrainte au milieu des touffes d'herbe *puna*, cette herbe jaune si dure et si mauvaise que même les mulets n'en veulent pas.

Elle est toujours déterminée à laisser filer les choses sans intervenir. Pour le moment, ce n'est pas trop difficile de considérer le dos bancal de Danilo comme un obstacle à sa libération. C'est de face qu'il est dangereux, avec sa moustache asymétrique, ses dents écartées et ses gestes ronds. Elle s'encourage à ne pas se laisser fléchir, à assumer jusqu'au bout la décision qu'elle a prise de monter son opération avec les frères Piñera.

— *Che*, on s'arrête où, je pensais que tu avais de quoi nous loger avant le lac Puelo ? Il fait nuit, lance-t-elle.

— Je nous avance au maximum, j'ai un message à émettre le plus tôt possible.

— Ta chérie du *campo*, bien sûr, grince Alma qui s'en veut aussitôt de faire de l'ironie.

L'ironie rapproche, crée de la connivence, du lien. Elle ne veut s'embarrasser de rien.

— Et on dort où alors ? Je ne vois rien.

— Il y a un camping fermé jusqu'à la saison. Ils ont un abri pour les chevaux. On pourra récupérer la piste du *río* facilement. Je m'arrête à la *pulpería* pour le maïs et le message, et après on rejoint la route 40 à El Hoyo. On ira plus vite.

— Non.
— Comment, non ?
— Non, on prend la route Currumahuida. On récupère la 40 plus au nord. Le convoyeur qui devait m'accompagner nous rejoint.

Elle ment avec un aplomb qui la rassure. El Hoyo est trop fréquenté, ils sont convenus avec les Piñera de faire le transfert sur une route secondaire. L'*estancia* ne les attend que pour dans six jours, largement assez de temps pour mener les chevaux munis de leur faux document de transport jusqu'à leur nouveau propriétaire à Valdivia. Ce qu'il adviendra de Danilo appartient aux limbes, Alma préfère ne pas savoir. Sa part du contrat s'arrête au moment où les chevaux grimpent dans le camion. Les scrupules, comme la pitié, ne peuvent pas la faire ployer.

Au fil des kilomètres, le blanc du ciel se charge de noir. La bruine légère qui leur pique les joues commence à s'alourdir et Alma songe avec regret qu'ils ne mangeront ni ne boiront chaud. Les chevaux marchent à présent la tête basse, les flancs ruissellent et les sabots luisent. À travers les rideaux de pluie, Alma reconnaît les stigmates de la proximité grandissante d'El Bolsón. Abritée derrière une rangée de vieux peupliers, une ancienne *estancia* marque le territoire des pionniers hollandais venus s'installer à la fin du XIXe siècle. Puis un grillage fermement cloué sur d'épais piquets d'eucalyptus dessine les limites d'une zone de chasse gardée au sein de laquelle prospèrent des cerfs élaphes introduits par les pionniers, que les Américains approchent à cheval et tirent pendant le brame avec un délicieux sentiment d'accomplissement. Les lodges de luxe perchés à flanc de montagne avec vue sur les bouillons du *río* sont vides. La pêche est terminée, la saison des treks aussi et ils ne croiseront bientôt plus que des campings désertés et des cabanes closes.

L'empressement de Danilo à s'arrêter à la *pulpería* dépasse la nécessité d'y trouver du maïs, elle le sait. Et même si elle évite de permettre entre elle et lui ces ententes qui finissent par suturer ensemble les âmes, elle est curieuse de savoir ce que Danilo a de si important à émettre. Pourtant, elle en est consciente, découvrir les replis de l'histoire intime de Danilo va créer une perméabilité chez elle. Sacrifier quelqu'un sans le connaître, c'est facile : ni les tripes ni l'esprit ne se sentent concernés. Mais savoir, c'est s'amollir. Laisser enfler les scrupules. Elle devrait se boucher les yeux et les oreilles, elle en est consciente.

Comme s'il percevait quelque chose de sa lutte intérieure, son cheval piaffe.

La pluie vient de cesser et, sans transition, le soleil fait monter de la terre une vapeur étouffante. Au même instant, l'écho profond d'un coup de tonnerre d'altitude s'enroule dans la vallée.

2

Les manches de la chemise épaisse que Benoît a enfilée par-dessus son t-shirt lui paraissent tissées dans un fil de chanvre ou même d'ortie. Ses avant-bras le démangent tellement que ses ongles rongés jusqu'à la lunule ne suffisent pas à le soulager et il empoigne le tissu urticant pour le froisser et se gratter avec, jusqu'à se décaper l'épiderme qui se met à suinter. Il préfère ne pas relever les manches, il sait déjà que l'eczéma qui lui envahit la peau n'est pas beau à voir. Le manque de sommeil lui porte sur le système et il évolue dans un brouillard électrisant qui lui administre des décharges de stress en même temps qu'il l'anesthésie. Il a passé la nuit allongé sur le sol dur du poste de contrôle pour éviter les allers-retours dans la nuit épaisse et, enfin rentré dans sa maison, il peine à aligner deux idées cohérentes pour se faire bouillir de l'eau. "Chaque heure qui passe est une heure qui sauve", se murmure-t-il à voix basse en ouvrant ses placards à la recherche d'une tasse. Les images obsédantes des chevaux emportés dans le torrent ne le quittent pas une seule seconde et le poursuivent jusque dans son sommeil. Son esprit est tout entier tendu vers ce point de sécurité auquel Alma doit arriver avant que les vannes ne s'ouvrent et ne fassent brutalement monter le niveau d'eau dans les gorges. Les Cabanes Esencia Azul.

La casserole qu'il a posée sur la plaque commence à diffuser une odeur de chaud et de minuscules bulles se forment sur le fond en inox. Benoît se penche pour évaluer la température de l'eau et juge qu'elle est suffisante pour faire fondre ces affreux grains de café lyophilisé qui ont à peine le goût de robusta. Il saisit le manche et observe la bouillasse marron qui se forme au fond de la tasse tandis qu'il verse. L'eau qui monte dans la tasse fait brutalement grimper son angoisse et la casserole lui échappe. Une gerbe d'eau bouillante jaillit du récipient et lui fouette le mollet lorsque le métal heurte le sol.

— Merde.

Il devient un peu cinglé, pour que l'image de l'eau qui remplit une tasse produise chez lui un effet aussi violent. La main sur le thorax, Benoît se comprime le cœur et tente de réguler les saccades de sa respiration. Ça va, mec, tu gères, tu domines la situation, personne ne va mourir, tu te crois dans un blockbuster US ou quoi ?

Un bip retentit dans la maison et lui permet de reprendre pied. C'est son portable, posé en équilibre sur le rebord de la fenêtre, qui vient de capter un réseau en courant d'air et de recevoir un message venu du fond du grand néant satellitaire. Benoît prend d'abord le temps de ramasser la casserole, la repose sur la plaque dont il tourne le bouton pour l'éteindre. Puis il cherche sous l'évier la serpillière propre qu'il lave après chaque utilisation et il la jette sur la flaque d'eau qui a déjà refroidi. Au passage, il se frotte le mollet de la paume, la trace rouge vif laissée par la brûlure est déjà en train de s'atténuer. Il gère.

Sur l'écran de son téléphone, un seul message. “SMS non délivré.” Le SMS qu'il a envoyé à l'Ingénieur il y a deux jours. Mais que fait cet abruti ? À croire qu'il est mort sur la route, aplati sur un rocher avec sa moto d'imbécile. Un demi-sourire flotte sur les lèvres de Benoît qui repose le téléphone. Les fils qui le relient au monde lui semblent à cet instant incroyablement ténus. Il reste le poste de transmission satellitaire qui envoie à intervalles réguliers des données de plus en plus fausses à la société d'exploitation, et la vieille Dodge qui sert au ravitaillement une fois par mois et qu'il faut systématiquement redémarrer avec un booster portable, sorte de boîte à électrochocs qui remplace les bonnes vieilles pinces crocodiles quand on n'a pas d'autre voiture sur laquelle se brancher. Sandra et lui sont à la merci d'un outil de dépannage qui tient dans une valise cabine.

Alors qu'il s'apprête à avaler une première gorgée de son effroyable café instantané, un coup sourd résonne à l'extérieur et Benoît déglutit de travers. Entre deux quintes de toux, il traverse la pièce et ouvre la porte. C'est encore le volet de la maison d'en face qui s'est rabattu sur le béton qui se lézarde. Depuis le temps, il devrait en reconnaître le bruit mais il n'arrive pas à s'habituer. Pire, depuis le départ de l'Ingénieur, il lui semble que la ville à l'abandon se réveille et que chaque bruit, chaque mouvement, chaque chien errant lui est devenu hostile. Sur le seuil, le vent chuinte et transporte un air étrangement tiède et lourd qui fait écho aux dernières prévisions de la station météo. Temps orageux. Les orages à cette latitude sont rarissimes et Benoît a du mal à prendre l'annonce au sérieux.

Alors que, sa tasse à la main, il s'apprête à refermer la porte, il aperçoit tout au bout de l'unique rue la carrosserie poussiéreuse de la Dodge que Sandra a sortie de son garage miteux. Le coffre est ouvert. Le capot aussi. Qu'est-ce que c'est que ce bordel ? Les tremblements qui agitent brusquement sa main font jaillir de la tasse une giclée de café qui retombe sur son T-shirt. Est-ce que cette connasse est en train de déserter ?

Benoît jette sa tasse dans une touffe d'herbes dures qui s'épanouit au pied de sa façade, et remonte à grands pas la rue qui grimpe jusque chez Sandra. L'effort et l'air consistant lui mouillent les tempes mais il ne ralentit pas, malgré les coups désordonnés qui résonnent sous ses côtes. De loin il l'aperçoit, queue de cheval remontée sur le crâne et sac au bout du bras. Il approche sa main de sa bouche pour contrer le vent qui balaie les sons :

— Tu fais quoi ?

Elle lui jette à peine un regard et rabat le coffre d'un geste sec. Il accélère encore, sent la sueur lui ruisseler sous les aisselles et sous les seins mous qui tressautent derrière son T-shirt. Lorsqu'il s'arrête devant le capot de la voiture, elle est entrée de nouveau dans sa maison. Il contemple, hagard, la portière ouverte, la clé sur le contact. Machinalement, il se frotte l'avant-bras qui s'est remis à le démanger. Quand Sandra ressort de la maison avec une bouteille de plastique qu'elle a remplie d'eau, il remarque les sillons qui lui parcourent le visage. Comme il l'évite depuis deux jours ou presque, il perçoit nettement les ravages de la fatigue nerveuse qui a pris possession de sa collègue. Ses cernes presque bruns, son front plissé, ses cheveux collés en plaques grasses le long de ses tempes. Elle fait sale. Ça le dégoûte, tout ce laisser-aller.

— Pousse-toi de là, guignol, marmonne-t-elle en jetant sur le siège avant sa bouteille cabossée par de multiples remplissages.

— Qu'est-ce que tu fais ? Tu pars ?

La voix geignarde qui s'échappe de lui résonne désagréablement. Il ne voudrait pas lui donner l'impression que l'idée de se retrouver seul dans cet endroit fantôme le tétanise, elle le méprise suffisamment comme ça.

— Ouais, je veux du réseau, je veux une conversation intelligible avec les exploitants, je veux un avis extérieur sur ces courbes bizarres. Me dis pas que ça ne te questionne pas, ces écarts de mesure ?

La voix cassante de Sandra rebondit sur les façades des maisons alentour. Elle darde sur lui ses yeux clairs et Benoît songe au regard froid de Vladimir Poutine. Ce type lui fout les jetons. Sandra aussi. Il recule d'un pas parce qu'elle s'approche, le menton pointé vers lui, avide d'entendre sa réponse.

— Si, bien sûr, mais chaque fois on revient à la courbe prévisionnelle, ça bouge un barrage, c'est souple, tu sais bien.

— Si je sais ?

Elle ricane et replace derrière son oreille une mèche échappée de son élastique, puis elle penche la tête sur le côté, semble le soupeser, ouvre la bouche pour dire quelque chose, puis la referme. Du plat de la main elle se tâte les poches arrière et soupire.

— Mon portable… Si en plus je ne peux pas te joindre pour te donner les consignes…

Et elle le plante devant la voiture, repart à grandes enjambées vers la maison.

Les bras ballants, Benoît la regarde disparaître. À la détresse qui le saisit en s'imaginant seul ici s'ajoute la crainte de laisser un regard extérieur percer à jour ses petits ajustements de relevés. Au poste de contrôle, ils n'ont pas d'outils d'évaluation statistique pour examiner les données qu'ils entrent dans le lecteur de carte bleue. Apparemment, jusque-là, rien n'a alerté la société d'exploitation malgré les appels de Sandra, probablement entrecoupés et rendus incompréhensibles à cause des défaillances du réseau mobile. Mais si les exploitants s'y penchent, sous l'impulsion de Sandra qui ne lâchera pas le morceau une fois qu'elle sera devenue intelligible, ils vont vite se rendre compte que…

Il a une poignée de secondes pour agir.

Le capot est ouvert, le booster relié à la batterie par un câble noir. Il a juste le temps de se pencher sur le moteur et d'arracher d'un geste sec les fils du solénoïde du démarreur. Puis il fait un pas sur le côté et reprend sa pose, les bras le long du corps, tandis que Sandra sort de la maison. Il articule :

— Bon, bah, salut alors. Tu me tiens au courant. Et si tu peux me rapporter des barres, genre Snickers…

— Compte sur moi, Benny Benny.

Elle ouvre le coffre et fait glisser la fermeture Éclair de son sac de voyage, sans doute pour vérifier qu'elle n'a rien oublié.

D'un pas traînant, il redescend vers sa maison. Un petit frémissement jubilatoire lui agite l'estomac lorsqu'il entend le capot puis la portière claquer dans son dos et les premiers jurons de Sandra qui tourne la clé du contact sans aucun effet. Le fait qu'ils n'ont plus de moyen de rallier la ville, que ce soit pour une urgence ou pour une boîte de maïs, ne l'angoisse pas.

Il chantonne, même.

Encore un peu de temps gagné. Chaque heure qui passe est une heure qui sauve.

3

La route est désormais balisée. La vallée d'El Bolsón est presque surpeuplée à la haute saison, selon les critères démographiques du *campo*, et Danilo ne peut s'empêcher de remarquer les nouveaux refuges, belvédères ceints d'une barrière de rondins, piste de *ripio** élargie pour le passage des minibus Mercedes qui déposent pêcheurs américains et trekkeurs fortunés au pied des cascades. Les temps changent. Si Eliseo n'est pas traqué pour son coup de couteau, il finira bien par travailler à plein temps dans le tourisme, son rêve, le rêve de toute la génération de ceux qui ne veulent plus sentir le cuir, la sueur et le crottin, qui veulent dormir sur un matelas, suivre les matchs des Boca Juniors sur un écran et non à la radio. La génération d'Alma, en réalité. Qu'est-ce qu'elle fait à convoyer quinze chevaux sous une pluie glaciale ? Est-ce l'amour du *campo*, celui qu'il expérimente dans la douleur depuis des années, qui l'anime elle aussi ? Il n'en a pas l'impression. Rien dans ses gestes avec les poulains, dans ses regards vers les cimes, vers le défilement des nuages bordés de rose en fin de journée, ne laisse jamais transparaître une once de bien-être.

* Pierre concassée, sorte de gravier grossier.

Elle est sans cesse sur le qui-vive, dure comme un agrume qu'on a laissé se racornir dans une corbeille de fruits. D'ailleurs, elle demande d'un air renfrogné :

— Elle est où, ta *pulpería* ?

— À une heure tout au plus.

— Ça fait faire un détour ?

— À peine. De toute façon on manque de maïs.

— On ne traînera pas, rétorque Alma. Déjà qu'on arrive avec un cheval en moins, on ne va pas en plus prendre du retard.

Puis elle éperonne et se propulse dix mètres devant lui, coupant court.

Ils continuent à longer le *río* Azul, qui coule à présent au milieu de la vallée, un peu moins contraint dans son lit, un peu plus serein. Les refuges fermés sont autant de signes qu'ils sont en train de quitter la solitude absolue des pâturages d'altitude. Danilo songe qu'il est étonnant qu'aucun mot n'exprime l'inverse de la solitude. Même "compagnie" ne couvre qu'une partie du sens profond de l'opposition à "solitude", car on peut tout à fait être seul au cœur d'une foule. Lui se sait seul partout et en toutes circonstances, mais sans en ressentir de tristesse ni d'amertume. La solitude est le béret qu'il ne quitte jamais : un abri comme une seconde peau. Elle est le couteau qu'il porte dans le dos : une défense et un outil. Elle est le son de sa propre voix quand il se récite de longs poèmes, le parfum oléagineux de la prairie en plein été, la tiédeur du souffle des juments. Il a appris à l'aimer et elle fait comme un écran entre les autres et lui. L'atteindre et obtenir de lui une implication n'est pas chose facile. Seul Eliseo sait le contraindre à prendre parti.

Au détour d'un repli de terrain, la banlieue d'El Bolsón leur apparaît enfin de l'autre côté du *río*. La ville qui remonte vers le nord lui semble interminable. Elle s'étend comme une tache de gras, cernée de campings, d'hôtels de toutes catégories, de magasins de location de voitures, tous fermés depuis mi-avril... Danilo imagine Rosa, installée dans l'une de ces rues mal desservies, sans égout et sans éclairage. Ici non plus elle n'aura pas trouvé la vie qu'elle attendait. L'imaginer sur l'autre rive, seule et probablement inquiète de ne pas avoir de nouvelles d'Eliseo qui vit ses hivers avec elle, pince le cœur de Danilo. Quel gâchis. Plus de vingt ans après qu'elle est partie, il continue à refaire l'histoire.

Les chevaux fatiguent de ne pas voir à cinq mètres devant eux. La pluie les épuise de ses petits coups harcelants. Alma fulmine à l'idée de rallonger le trajet et Danilo l'entend éructer d'étranges imprécations à l'oreille de son cheval. Quand enfin la *pulpería* se profile au bout d'une piste qui se termine en cul-de-sac au pied des collines, Danilo sait qu'il va devoir faire très vite car rien n'est pire que d'attendre immobile sous la pluie. Il saute de cheval, passe la bride sur le poteau planté à l'entrée et s'ébroue avant d'entrer dans le minuscule local préfabriqué. Il sait y trouver du tabac, de la bière, un téléphone, des boîtes de conserve et, s'il a du temps devant lui, des nouvelles. Mais du temps, il n'en a pas, puisqu'Alma lui fera payer chaque minute de pause. Le patron et sa femme, une petite brune râblée dont les formes débordent sous le tablier, l'attendent de pied ferme derrière le comptoir de cartons empilés.

— Salut, *che*. Qu'est-ce qui te faut ?

— Six boîtes de maïs, trois de tomates pelées et deux paquets de tabac. Le brun, à rouler.

— Et des filtres ?

— Pas besoin.

Tout en sortant de sa poche intérieure une poignée de billets grisâtres, Danilo continue, l'air dégagé.

— Des nouvelles, ces temps-ci ?

— Rien qu'on n'ait entendu aux annonces.

— On m'a parlé d'une fête à El Foyel. Un *facón* qui dérape, c'est vite arrivé.

Aussitôt le visage bonhomme du patron se referme. Danilo vient trop peu souvent pour que l'on partage avec lui les secrets du *campo*. C'est ce qu'il craignait en arrivant : se voir considéré avec méfiance et n'obtenir aucune information. Il en est réduit à interpréter le raidissement du patron qui n'a rien de rassurant. Les échos de la fête sont arrivés jusqu'ici et sa question a pour effet de déclencher un silence solidaire. C'est donc que le coup de couteau à l'étranger n'a rien d'anecdotique. Comment peut-il soutirer davantage au taulier ? Il tente la connivence, en désespoir de cause, car il n'est pas homme à savoir se faire des camarades en trois mots. Le *puesto* l'a rendu trop abrupt. Il sourit, se force à avoir l'air dans la confidence, prend une mine compréhensive.

— On m'a raconté. Et le blessé ? Il en est où ?

— Ça…

Les bras écartés en signe d'ignorance, le patron appuie sa réponse qui tient en un mot par un bruit de bouche. Il n'en tirera pas plus. Le fait qu'il subsiste de l'incertitude est finalement préférable. Si l'étranger était mort de ses blessures, Danilo espère que le patron l'aurait dit tout simplement. Il compte bien obtenir des précisions sur la route, il a gardé des amis à Epuyén et sait qu'il pourra se renseigner en détail. Il préfère ne rien demander à El Bolsón, on y connaît trop Eliseo. Rosa, qui vit depuis des années dans une des nouvelles rues sans nom, pourrait avoir des échos de sa petite enquête et elle s'inquiéterait. Il demandera plus tard, investiguera d'un peu plus loin. Pour l'instant, il préfère qu'Eliseo gagne en sérénité et ne se lance pas sur le chemin des cols du Chili alors qu'il est sans doute encore fiévreux.

— J'ai besoin d'émettre, tu me laisses utiliser la radio ?

— Un dollar.

— J'ai cinq pesos.

— Allez, c'est bon.

Le message que Danilo envoie à Radio Bolsón 2013 est concis : *"De Danilo el Manso : pas de nouvelles précises, c'est plutôt rassurant. Si tu n'as pas bougé, attends un jour ou deux, j'aurai sans doute plus de détails à El Hoyo si je peux m'y arrêter, sinon à Epuyén."*

Quand il ressort tenant un sac dans lequel bringuebalent les boîtes de maïs, le temps a brusquement changé. La frange nuageuse reste bloquée sur les montagnes, mais le vent qui s'engouffre dans le couloir d'El Bolsón a chassé au sud la pluie qui dévalait sur eux. Le soleil brille de nouveau et la terre gorgée d'eau sèche aussi vite que le vent souffle. Le simple fait de s'installer sur son cheval le fait transpirer, la température qui leur arrive du nord est lourde et moite. Les chevaux tendent le nez vers le soleil et leur robe se met à fumer. Les changements de temps sont toujours brutaux et inattendus, surtout dans les vallées où l'air circule de manière imprévisible. Le fracas lointain de la foudre lui fait tourner la tête vers les hauteurs d'où ils sont descendus. Il ne voit pas le noir de l'orage qui se cache probablement derrière la montagne mordorée qui leur coupe la vue. Peut-être des torrents de pluie sont-ils en ce moment même en train de se déverser sur le toit du *puesto* où dort son fils, son unique, son meurtri, qui entendra ce soir un message un peu vague, rassurant sans l'être tout à fait.

Le regard en biais que lui lance Alma le perce alors qu'il saute en selle. Elle est sortie un bref instant de sa réserve fermée et semble le soupeser. A-t-elle entendu quelque chose, qu'a-t-elle compris ?

4

L'orage n'a pas éclaté au-dessus d'eux finalement, il est passé de l'autre côté de la crête des Andes et a sans doute déversé ses torrents d'eau sur les pentes du Chili. Il n'en reste qu'un soupçon de soufre dans l'air et une moiteur persistante que rien ne balaie. Le vent s'est tu et laisse dans l'atmosphère un silence perturbant que même les chiens ne rompent pas. Ils courent la langue en travers des crocs aux pieds des juments. Les poulains sont dociles et avancent sans plus jouer. C'est leur passage hors de l'insouciance, songe Alma. Ils expérimentent les muscles endoloris, la soif, l'herbe trop rare et le vent qui leur souffle de la poussière dans les yeux. Pas de quoi caracoler gaiement.

La piste qu'elle veut emprunter pour rejoindre la Bajada Currumahuida se détache du *río* et remonte le long d'une colline perdue dans l'immense cuvette au creux de laquelle se love El Bolsón. En se retournant vers l'ouest, ils peuvent apercevoir les rives saphir du lac Puelo. Alors qu'elle avance, le regard fixé au sol pour éviter à son cheval un trou ou un caillou traître, elle entend l'exclamation consternée qui échappe à Danilo. Devant eux, autour d'eux, il ne reste rien de la forêt primaire qui grimpait sur les flancs de la colline. Toute la chaîne des monts avec vue sur le lac est noircie. Se dressent encore quelques membres calcinés, troncs fendus et branches décharnées tendues vers le ciel. C'est un cimetière à ciel ouvert de *coihues* charbonneux. Certains troncs dépassent les deux mètres de circonférence et semblent croqués par une force démoniaque qui n'a laissé que la base de ces arbres gigantesques.

— J'avais entendu, l'an dernier, murmure Danilo, mais jamais… Je n'imaginais pas que tout, tout aurait été dévoré comme ça.

Sur le sol, quelques mousses dorées émergent de la croûte de suie et de cendres, le processus de renaissance a déjà commencé mais rien de ce qui poussera désormais n'atteindra jamais la majesté de la forêt primaire. Alma répond avec une aigreur qu'elle ne cherche pas à dissimuler :

— C'était bien l'objectif. Dans deux ans, tu verras fleurir ici des résidences secondaires barricadées avec code à l'entrée et vue sur le lac. Pour les petits copains de la Reine Cristina*, ceux du ministère de la Planification fédérale, les gros bonnets de Buenos Aires…

Danilo reste silencieux, les jambes raides dans ses étriers d'argent. Pas un muscle de son visage ne frémit, il contemple l'immense désolation, des centaines d'hectares grillés qui font une tache gris et noir sur le versant ouest des collines. Plus loin vers le nord, les stigmates d'incendies plus anciens marquent encore les flancs de la Cordillère, anciennes forêts de *ñires* ou de cyprès métamorphosés en torches vivantes par négligence ou par volonté politique.

— Où mène la corruption, murmure Alma.

* Cristina Kirchner, présidente d'Argentine de 2007 à 2015.

Hagard, Danilo se tourne vers elle :

— Ces gens de pouvoir… Il suffira de rien pour les faire tomber, tous. Tu verras. Un bout de papier, un sac de billets étrangers mal caché… Et d'autres identiques qui se diront différents leur succéderont. Mais ces géants-là, il faudra quatre cents, six cents ans avant que d'autres ne prennent leur place. On ne reconstitue pas une forêt avec un juge ni même une armée d'avocats.

De ce point de vue un peu en hauteur, ils contemplent l'immense vallée rousse et dorée au fond de laquelle bruisse le *río*. Malgré la gale de l'incendie, le paysage est somptueux, bordé par l'épine dorsale enneigée des Andes. Alma souffle :

— Quand tout sera devenu laid, nous aurons tout perdu, jusqu'au goût de vivre.

— Tout ne sera pas laid. Chacun doit puiser en soi pour faire renaître ce qui est beau.

Alma détourne le regard et se tait. Elle murmure pour elle-même en aonekko :

— Il n'y a rien de beau en moi, j'ai tout brûlé.

Le regard de Danilo la perce. Il ne peut pas avoir compris et pourtant il répond :

— Quand tout sera consumé, tu souffleras sur les cendres et tu découvriras qu'il reste quelque chose.

— Je n'ai pas besoin d'un père.

— Je vois ça.

Elle préfère ne pas répondre et, d'un coup de talons agressif, elle fait redémarrer son hongre qui agite les oreilles avec frénésie. Ils laissent dans leur dos le lac et la large boucle du *río*. Il ne leur reste qu'une nuit avant de partir à la rencontre des Piñera qui attendent de l'autre côté des monts avec leur camion rouge et leurs carabines.

Une fois la mule délestée, les chiens nourris et le feu allumé, elle ne sait pas refuser le maté que lui tend Danilo. Elle se convainc que c'est pour mieux endormir sa méfiance, mais la vérité de ce qu'elle ressent l'éblouit parfois comme un flash et, dans ces moments fugaces, elle voit bien l'abîme vers lequel elle se précipite. Vers lequel elle les précipite tous les deux. En elle s'affrontent deux Alma, celle qui ne croit plus en rien et celle qui ne peut pas renoncer à l'espérance. Elle se sent déchirée par le milieu, un œil sec, l'autre qui pleure, une main qui blesse, l'autre qui console. Et Danilo qui ne se doute de rien, qui tire sur sa cigarette, le regard perdu dans l'immensité du ciel perforé d'étoiles.

— C'est l'heure ?

Elle sursaute. C'est l'heure. Elle sort la radio et elle espère presque que la diode rouge ne s'allume pas. Mais les piles ont encore du jus et, dans le soir, la voix trop enjouée du présentateur s'élève. Les annonces défilent. Elle est tendue comme un arc, l'angoisse d'entendre l'appel des Piñera la rend dure comme le bois des forêts pétrifiées. Alors qu'après la dernière annonce, le jingle de Radio Chubut retentit, elle envoie un coup de pied rageur dans le feu, incapable de savoir si elle est soulagée ou furieuse.

La voix un peu voilée, le *gaucho* lui glisse :

— Je sais d'où vient ta colère : c'est toi qui la nourris. Tu crois que tu fuis pour gagner ta liberté, mais c'est ta fuite qui t'enferme.

— Tu ne sais rien de moi.

— Ça me permet de voir que tu te prends pour un volcan alors que tu es l'eau du torrent.

— Qu'est-ce que tu racontes, mon pauvre…

— Tu es bien trop têtue pour savoir exploser et te rendormir pour des années. Quand les galets roulent dans ton lit, tu crois que c'est toi qui fais du bruit.

Elle tremble d'exaspération et, d'un mouvement plein de hargne, jette la fin du maté dans le feu avant de lancer à Danilo sa gourde vide. Dans le langage codé des relations du *campo*, il n'y a pas de traduction pour ce geste-là.

— Je n'ai pas de leçon à recevoir d'un vieil éleveur résigné qui ne s'est jamais battu pour rien et qui se laisse conduire par les décisions des autres.

— C'est ce qu'on appelle la confiance.

— C'est de l'aveuglement. Ou de la paresse.

Elle se couche, frémissante d'indignation. L'adrénaline qui lui galope dans les veines l'empêche de trouver le sommeil. Elle ne se croit pas elle-même quand elle se dit que ce *gaucho* n'aura pas volé le coup de feu qui l'attend, elle se plaît à imaginer qu'elle le bourre de coups de pied une fois à terre. Pourtant, l'idée de contempler Danilo le visage ou la poitrine défoncée par une balle lui fait monter les larmes aux yeux.

Quand le sommeil vient, elle plonge dans l'un de ces rêves si puissants qu'il en naît d'authentiques sensations.

Elle trotte dans la steppe, le soleil lui chauffe le dos et le vent lui traverse le crâne en s'engouffrant entre ses oreilles. Une étrange sensation remplit sa bouche : ses dents, tout doucement, se dégagent des gencives. Elles se mettent à branler, toutes, des incisives aux molaires. Les canines se fendillent, elle les sent se désintégrer en petits morceaux d'émail et d'ivoire. Il ne faut surtout pas qu'elle ouvre la bouche, sinon tout va sortir, les petits fragments comme les dents entières qui se déchaussent. Elle serre les dents pour les maintenir à leur place, racines plantées dans la gaine des gencives, mais rien n'y fait, tout bouge, tout ballotte, elle déglutit avec l'angoisse d'avaler un morceau. Puis la sensation d'inconfort devient insupportable, elle entrouvre les lèvres et se résout à cracher les plus petites brisures. L'alignement des dents saute en une seconde, tout se bouscule et au bout de sa langue, elle ne sent plus rien de ferme ni de bien planté. Elle va devoir extraire les dents les plus déchaussées, en espérant qu'il lui en reste quelques-unes sur le devant. Entre le pouce et l'index, elle tire une à une les moins bien accrochées, découvre leurs racines et le trou qu'elles laissent dans la gencive. Elle ressent un soulagement immense en se débarrassant de cet encombrement dans sa bouche, en même temps qu'un désespoir terrible : elle s'édente, il ne lui reste que deux prémolaires qui commencent elles aussi à bouger.

En nage, Alma se relève sur sa couche. Elle est pétrifiée d'angoisse et se tâte immédiatement la mâchoire. Tout est en place. Comme elle déteste cette manière qu'a son corps de croire à sa propre désintégration. Du bout de l'index, elle tâte son incisive gauche, celle qui est ébréchée. Elle est le stigmate de son errance sans fin, la cause de sa fuite au Sud.

5

Dans le flot des insurgés s'écoulant en désordre dans la rue principale qui menait à la mairie de Trelew, Alma serrait contre sa bouche un mouchoir taché de sang. Depuis deux ans qu'elle avait suivi Raúl hors de Buenos Aires, elle ne vivait plus que pour ces moments de ferveur collective, elle se revendiquait *piquetera* et se sentait animée d'un feu sacré lorsqu'elle coupait la route aux camions de transport et aux voitures qui cherchaient à entrer ou à sortir de Trelew. "Nous ne sommes pas des délinquants, nous sommes des *piqueteros*", "Des emplois, pas des promesses" : elle avait fait siennes les protestations de toute une génération sans emploi et n'avait pas peur d'aller au contact avec les policiers qui tentaient de maîtriser le flux des insoumis menaçant les édifices publics. À dix-huit ans à peine, elle savait faire entendre sa voix dans la rue mais aussi dans les instances du mouvement *piquetero* qui avait tendance à reléguer les femmes au rang de bouclier humain ou de matrones cuisinières, elles qui, les premières, avaient manifesté pour réclamer des emplois pour leur compagnon, leurs fils, leur père.

La clameur qui montait se précisa quand un cordon de policiers rabattit les *piqueteros* les plus déterminés pour leur faire libérer le trottoir. Alma, encore étourdie par le choc qui l'avait projetée contre un réverbère, se joignit au reflux vociférant des hommes. Elle tenait son mouchoir dans la main gauche et de la droite brandissait un piquet arraché à une clôture à l'entrée de la ville. Raúl avait toujours refusé de lui remettre une barre de fer, conscient peut-être qu'elle pouvait s'enivrer de rage et frapper au hasard.

De coups de coude en coups d'épaule, elle se trouva finalement collée au cordon de sécurité qui tentait de maintenir libres les escaliers menant à la porte. On lança des pierres qui s'écrasèrent contre les colonnes et le balustre qui bordait le toit. Sous leur casquette marine, les policiers conservaient un regard fixe, peut-être pour que la foule ne leur apparaisse que comme une masse indistincte et non un rassemblement d'individus, avec leurs espoirs et leurs peines. L'indifférence était peut-être ce qui rendait Alma la plus hargneuse. Elle jeta son dévolu sur un jeune policier imberbe et lui cracha au visage, forte du pieu qu'elle tenait fermement, de la pression fraternelle qu'exerçaient derrière elle tous ses camarades de combat et de la certitude qu'elle avait d'être du bon côté. Le type sortit de sa réserve en un éclair, arma et n'eut plus rien d'inoffensif.

— Ils tirent sur la foule ! hurla Alma.

Un mouvement de panique secoua l'agglutinement de *piqueteros*. Femmes et enfants furent poussés en première ligne. Les ordres fusèrent et quelques coups de feu claquèrent en direction du ciel.

L'embrasement qui suivit acheva de brouiller toute perception de la menace réciproque et Alma projeta en avant son piquet, les deux mains crispées sur le bois brut et la pointe dirigée vers l'indistincte ligne marine.

Elle le retira, maculé de sang sur trente centimètres.

Un mouvement de foule l'arracha à sa position et les manifestants refluèrent alors que la rue s'emplissait du bruit des sirènes.

Le cœur dans la gorge, Alma fut poussée comme les autres dans le dédale des rues commerçantes, c'était la débandade, les forts piétinaient les faibles et les grenades lacrymos leur barbouillaient le visage de larmes amères.

Lorsque Raúl la retrouva grelottant au pied de l'immeuble où ils vivaient avec cinq autres camarades, elle tenait encore son piquet à la main. Il aboya dès qu'il l'aperçut :

— Me dis pas que c'est toi ?

— Moi…

— Qui as empalé Paco* ?

— Peut-être. Je n'ai pas vu.

Elle tremblait, le corps secoué de spasmes, et pourtant ce n'était pas sa première manifestation musclée. Peut-être qu'elle percevait déjà le poids tragique qui allait s'abattre sur elle.

— Faut cacher ça.

Raúl la saisit par le coude et la fit se lever. Elle s'essuya le nez du revers de la manche. Le pieu fut brûlé dans un feu de pneus qui dégageait une fumée irrespirable. Alors qu'auprès des voitures désossées, Raúl s'enquérait du bilan de l'affrontement et comptait ses blessés, quelqu'un eut le malheur de dire : "On a crevé un des Paco, ça en fera toujours un de moins. Transpercé, le type, du pancréas à l'omoplate."

* Terme générique pour désigner les forces de l'ordre.

Raúl se tourna vers elle et elle comprit qu'elle ne pourrait pas rester. Elle avait cru trouver auprès de lui une forme de stabilité, une vie plus riche et plus gaie que celle qu'elle menait dans son taudis de la Boca, auprès de sa mère. Il suffisait d'un pieu mal dirigé et tout s'écroulait de nouveau. Elle entrevoyait déjà la longue période d'errance qui s'ouvrait devant elle.

La voix de Raúl s'éleva tout contre son oreille.

— C'est Luís qui va t'emmener à Rawson. De là-bas, tu trouveras bien un bateau qui te fera faire quelques centaines de kilomètres avant qu'on te cherche vraiment.

— Tu ne viens pas avec moi ?

— Ma place est ici.

Il parlait sans chaleur et elle comprit qu'elle n'avait pas été aimée comme elle l'imaginait.

Lorsqu'ils arrivèrent à Rawson par la route 25, le soleil était encore haut et pourtant l'horizon se teintait de couleurs crépusculaires. L'eau semblait refléter un soleil couchant qui n'existait pas et Alma s'y reprit à deux fois pour comprendre ce qu'elle voyait : un lac artificiel d'une quinzaine d'hectares, couleur magenta.

— C'est du sang ? demanda-t-elle à Luís qui rit de son ignorance.

— C'est du sulfite de sodium. Les entreprises de pêche l'utilisent pour conserver les langoustines et elles le déchargent ici, dans la lagune.

— C'est beau.

— C'est chimique.

Elle avait toujours l'art de trouver beau ce qui détruit. La suite se déroula en silence. Sur le quai du port de pêche, Luís lui remit de la part de Raúl une liasse de billets serrés dans un gros élastique, puis il l'embrassa sur les deux joues, à l'européenne.

— Bon vent, Alma, on se revoit quand tout ça s'est tassé.

Elle n'eut plus aucune nouvelle de l'enquête, ne sut pas si oui ou non elle pouvait réapparaître. Raúl ne répondit jamais à ses e-mails. Pendant huit années, elle s'enfonça de plus en plus profondément en Patagonie, poursuivie par la menace nébuleuse d'un procès assorti de douze années de prison. L'indifférence de ses anciens compagnons la condamnait à une cavale sans poursuivants jusqu'à ce que son crime soit prescrit : quinze ans. Une vie d'incertitude et d'arrachements répétés qu'elle ne souhaitait à personne et qu'elle ne pouvait s'empêcher d'aggraver encore par mille petits sabordages qui écourtaient ses moments de répit.

6

Les hoquets de suffocation qu'émet Alma tirent Danilo du sommeil. D'après la quantité de bois consumé, ils n'ont dormi qu'une heure ou deux. De l'autre côté du feu, il l'entend se calmer, retrouver son souffle et tenter de se rendormir. Mais elle se tourne et se retourne, faisant craquer sa bâche. Le bruit du vent qui chuinte en continu entre les troncs et fait grincer les carcasses calcinées ne suffit pas à couvrir le son de quelqu'un qui ne parvient pas à trouver le sommeil. À dessein, Danilo se racle la gorge. Si elle veut parler, elle sait qu'elle peut. Il sent qu'elle hésite à son souffle qu'elle retient puis qu'elle expulse sans avoir rien dit, comme si elle prenait son élan puis renonçait. Pour une fois, il va tendre une perche. Elle l'a touché avec son histoire de paresse. Il est devenu paresseux, c'est vrai, usé par ces années perdues à essayer de réparer, à tenter de retenir Rosa, d'aider Eliseo à prendre son envol. Ses dernières forces, il les rassemble pour trouver à son fils unique une porte de sortie, parce qu'il a lâché tout le reste depuis longtemps. La résignation pèse un poids accablant et il faut puiser il ne sait où l'énergie de secouer l'ordre des choses.

Autant d'énergie peut-être que celle dont le torrent a besoin pour sortir de son lit.

— J'imagine que tu as compris, à la *pulpería*…

Elle cesse de bouger immédiatement mais tarde à répondre. Il se la représente les yeux grands ouverts, à fixer la voûte fleurie d'étoiles.

— J'ai compris que tu dois donner des nouvelles à quelqu'un qui en attend.

Elle a la voix rauque de ne pas avoir parlé depuis longtemps. La nuit est fraîche, aussi. Elle étouffe une quinte de toux et reprend :

— J'aurais aimé qu'on fasse ça pour moi.

Que doit-il comprendre ? Qu'elle a aussi tiré le couteau ? Il n'a aucun mal à l'imaginer, se prend à remercier le Gauchito Gil qu'elle n'ait pas lardé le fils Extraño. Elle reprend :

— J'ai probablement tué un flic. Je n'ai jamais vraiment su.

— Un flic, c'est presque moins grave qu'un étranger, soupire Danilo.

— Ça dépend quel étranger.

— Un Européen.

— Ah… Et il est mort ?

Danilo se tait. Une seconde. Deux secondes. Puis :

— Je ne sais pas. J'espère savoir vite et le dire à…

— Ne m'en dis pas trop, coupe Alma.

— Si. J'espère le dire à Eliseo, mon fils, qui attend au *puesto* de savoir si sa vie est foutue. À moins qu'il soit bouffé de fièvre et qu'il meure d'infection avant de pouvoir s'enfuir au Chili.

Chacun tient l'autre au creux de sa main et Danilo songe que ça fait bien longtemps qu'il n'a pas pris un tel risque, qu'il n'a pas tendu le cou sous le fil d'un couteau tenu par un autre. Il y a été poussé par une étrange impulsion, par la pudeur que préserve l'obscurité. Il veut montrer à Alma qu'il place en elle sa confiance. La fatigue, le sentiment qu'il a remué pour produire ces quelques mots d'aveu lui font monter dans la gorge une émotion qu'il contraint habituellement à rester terrée au fond de son ventre. Il n'arrive pas à lutter, un sanglot sec lui bloque la respiration et il essaie de l'étouffer comme il peut en mordant le bord de son poncho. Il a brutalement chaud, s'efforce de ne pas faire de bruit et il sent, déconcerté, que ses yeux débordent. Il laisse glisser les larmes le long de sa tempe, en silence, puisque rien ne semble pouvoir les arrêter, et camoufle dans une fausse quinte de toux le reniflement qui vient de le trahir.

7

L'œil torve, le contremaître renifla d'un coup avec un bruit de fond de gorge.

— Tu sais monter ?

— Plutôt, oui.

— Vous, les Indiens, vous avez ça dans le sang, hein. J'espère que tu ne feras pas de mauvais esprit. Les *piqueteros*, les revanchards, on n'en veut pas ici. M. Janssens paie bien et on attend en retour du bon boulot.

Alma hocha la tête. La précarité et la fatigue extrême des derniers mois l'avaient rendue docile, elle en avait assez de saboter ses chances les unes après les autres et elle avait vraiment, réellement l'intention de poser enfin quelques bases qui ne soient pas balayées en quelques semaines. Elle chuchota :

— Je sais travailler.

Pendant un temps, elle tint la parole qu'elle s'était donnée, travailla dur et sans répliquer. La vie de l'*estancia* s'organisait autour du commerce de la laine, de la viande de vache Hereford et de l'écurie de chevaux de polo qui faisait la fierté de l'*estanciero*. Elle apprit à les soigner. Rien n'était assez beau ni assez bon pour les poulinières qu'on faisait saillir à grands frais par un étalon de *gaucho*, toujours le même, dont l'*estanciero* gardait secrète la localisation. Il allait jusqu'à faire voyager ses juments jusqu'à l'étalon de peur que le *gaucho* ne soit tenté de multiplier les contrats de saillie ou, pire, de se lancer dans le négoce de semence en paillettes. Avec l'étalon du *gaucho*, Janssens avait créé une marque, un désir chez les exportateurs, une lignée aux origines mystérieuses qui faisaient s'envoler les prix.

Plus encore que la dévaluation de ses poulains sur le marché des chevaux de compétition, c'était le fait d'imaginer l'*estancia* voisine faire appel au même étalon qui nourrissait la paranoïa de Janssens. Les inimitiés entre *estancieros* remontaient souvent au camp choisi par les ancêtres lors des guerres 1914-1918 et 1939-1945. En l'occurrence, le grand-père de Janssens était mort à Verdun et son père avait financé de Gaulle, tandis que la famille de l'*estancia* voisine restait loyale à ses origines germaniques et n'avait pas eu peur de célébrer les succès du IIIe Reich. C'était de notoriété publique.

Alma se fichait de ces considérations et soignait les précieux poulains comme elle l'aurait fait pour des mules de bât. Une fois cependant, elle demanda au contremaître pourquoi l'*estanciero* n'achetait pas tout simplement l'étalon plutôt que de faire faire le trajet aux juments. L'homme ricana avant de cracher un long trait de salive dans la poussière.

— Malheureuse, M. Janssens ne cesse de faire des offres. Mais la tête des hommes du *campo* est plus dure encore que les galets du Futaleufú. Cependant, je pense que le jour n'est pas loin où ce *gaucho* n'aura plus le choix.

Un midi de janvier, elle déjeunait sous l'ampoule poussiéreuse qui oscillait au-dessus de la table où les *peones* s'attablaient en silence, et tout l'équilibre qu'elle avait patiemment construit fut soufflé comme un château de cartes lorsque le *pampero** entre par la fenêtre. Pendant que la cuisinière servait à la louche les assiettes creuses qu'on lui tendait, deux ouvriers se mirent à chuchoter au sujet de l'*estanciero*.

Elle ne l'avait jamais vu, ce M. Janssens à qui tout appartenait depuis cinq ou six générations. La plupart des *estancieros*, héritiers d'héritiers de pionniers, avaient depuis longtemps diversifié leurs activités et quitté le *campo*. En général, les propriétaires d'*estancias* étaient avocats, industriels ou politiques à Buenos Aires. Ils gardaient un pied dans le *campo* parce que c'était une valeur refuge dans un pays qui brillait par son instabilité politique et monétaire. C'était la culture du pays, c'était l'ancrage, et les petits Portègnes** privilégiés se tenaient aussi bien en selle que les fils de *gauchos*, quoiqu'avec un style plus proche du polo que du rodéo. Quoi qu'il en soit, Alma n'avait encore jamais croisé l'*estanciero* et ne s'était pas non plus demandé à quoi il s'occupait. Il était loin, venait pour ses vacances de décembre, à l'occasion de la tonte et de la *doma*, cette fête traditionnelle où les jeunes chevaux étaient débourrés. Il tirait les ficelles depuis son hôtel particulier de la Recoleta, faisait venir les chevaux une fois débourrés dans ses haras de La Plata d'où ils étaient ensuite envoyés en Europe, pour la plupart.

Ce jour-là, à ce moment précis, la route d'Alma, qui sinuait au gré des hasards et des erreurs, prit une forme nouvelle, parce que quelques mots surpris suffirent à dynamiter les jalons posés çà et là, à aplanir

* Vent de la pampa.
** Habitants de Buenos Aires.

la route et à tracer d'un même mouvement une piste droite, toute droite au milieu des décombres de sa vie. Une sorte d'autoroute de la revanche.

Les deux hommes qui discutaient en bout de table se tenaient face à face, penchés au-dessus de leur assiette jusqu'à se toucher le front. Elle les connaissait tous les deux, Jordi, le grand qui puait des pieds au point que personne ne voulait avoir son lit près du sien dans le dortoir des ouvriers, et Iago, le râblé au cou de taureau qui savait porter quatre-vingts kilos de pierre à sel sans plier l'échine. L'un comme l'autre souriaient la plupart du temps, fiers d'exhiber leurs prémolaires métalliques.

Entre deux cuillerées, Jordi assura à Iago :

— Si, on m'a dit qu'il atterrissait demain. Depuis que sa copine est aux manettes, il ne touche plus terre. Mais là, ça chauffe un peu, apparemment.

— Il vient se mettre au vert ?

— À ce qu'on dit. Il a l'Agence anti-corruption aux fesses.

Avec un long bruit de succion, Iago aspira le contenu de sa cuillère et répondit après avoir bu un verre d'eau en une lampée :

— Dans le bâtiment, cite-m'en un qui ne soit pas corrompu. Un seul !

— J'en serais bien incapable, je connais pas les huiles ! M. Janssens est peut-être aussi pourri que les autres, mais il paie bien. Ça m'embêterait qu'on le coince cette fois.

— Ça serait pas la première fois qu'il doit éteindre un feu. Il s'en sort toujours, l'*estanciero*, c'est un malin !

— Peut-être. Mais là le dossier est un peu lourd. Apparemment, on lui a mystérieusement attribué un chantier public énorme. Il a livré pour trois cent mille mètres cubes de béton. Pour un cimentier, imagine le contrat !

— Et ?

— Et il n'y a pas eu d'appel d'offres. Donc dessous-de-table et tout. Pas discret, apparemment.

Du revers de la manche, Iago s'essuya la bouche puis tapota la table du bout de son couteau avant de frotter la lame sur son pantalon, recto, verso, et de le ranger dans son étui.

— Tant que la Reine Cristina est au pouvoir, il ne risque rien. Ils se tiennent par la barbichette, tu penses…

— J'espère bien, soupira Jordi. Pas envie d'aller chercher du boulot plus au sud. Trop de vent. Trop de pluie.

— Et qu'est-ce qu'il a fait avec ses deux cent mille mètres cubes de béton ? Qu'est-ce qu'on peut bien construire avec autant de ciment ? Un aéroport ?

— Trois cent mille.

Iago balaya d'un geste de la main la précision qu'apportait Jordi.

— On s'en fiche. Alors ? C'était quoi, le chantier ?

— Un barrage. Un peu plus au nord, pas loin d'El Bolsón. Sur le *río* Azul.

Une rigole de transpiration glacée se fraya un chemin entre les omoplates d'Alma.

Un barrage.

Le barrage.

Depuis des mois, elle vendait la sueur de son front au putain d'entrepreneur qui avait vomi des torrents de béton pour donner corps au démon qui les avait avalés, elle, sa mère, son père, l'Ancienne et toutes leurs âmes réunies en un nœud de souffrances à faire hurler les os.

Elle avait beau s'enfouir dans la steppe du Chubut, sa douleur venait encore la chercher, la piquer, la provoquer, la pousser à la faute, au crime, au meurtre. Elle avait imaginé l'*estancia* Hued Hued comme un refuge, c'était un nid de scorpions, c'était le cœur battant du monstre. Elle comprit que le temps de la quiétude était terminé, que la confiance qu'elle tentait de mériter allait devenir une arme, un paravent derrière lequel elle élaborerait une punition dévastatrice pour annihiler Janssens qui avait bétonné le *río* et provoqué le désastre qu'était sa vie.

Depuis ce jour de basculement, elle creusa son trou à l'*estancia* comme un ver dans une chair pourrie. Elle continua à mériter l'estime du contremaître à force d'endurance et de contrôle de soi tout en guettant l'occasion de faire à l'*estanciero* un dommage qui le briserait. Elle espérait trouver une idée flamboyante avant que le type n'arrive pour se faire oublier de l'Agence anti-corruption dans son gros bunker de campagne.

Quand Janssens préféra s'abriter quelques mois en Europe, elle fut soulagée de bénéficier d'un délai supplémentaire pour trouver une idée, mais les semaines passaient et elle prenait la mesure de sa propre insignifiance face à un gros bonnet proche des politiques et qui tenait dans sa main les autorités locales. Elle voulait l'acculer, le mettre à genoux, le livrer sur la place publique et le voir déchiqueté par une meute de *piqueteros* enragés. Mais l'occasion ne se présentait pas. Le scandale fut étouffé. L'Agence anti-corruption abandonna l'enquête et tout rentra dans l'ordre.

Au fil du temps, la volonté de nuire d'Alma enflait tandis que son espoir d'y parvenir s'amenuisait. Elle se faisait à elle-même l'effet d'un sniper, le fusil chargé et dirigé sur la fenêtre où devait apparaître la cible, mais qui s'ankylosait parce que personne ne se présentait dans le champ.

Dix mois après avoir surpris la conversation qui avait tracé sur le front de l'*estanciero* une croix rouge, elle avait à peu près perdu tout espoir de toucher le bonhomme et songeait à déclencher un incendie juste après la tonte pour au moins lui enlever ça, le produit d'un an d'élevage. Ç'aurait été une piqûre de moustique sur le cul d'un guanaco mais elle n'avait pas d'idée plus efficace et elle en crevait d'impuissance.

L'occasion de faire d'une pierre deux coups lui fut servie sur un plateau au milieu de l'été.

Le front luisant sous son béret, le contremaître l'appela de loin alors qu'elle mettait en place avec Jordi le toboggan à bétail qui devait conduire les moutons dans leur bain de liquide anti-gale.

— Y a le chef qui t'appelle, grogna Jordi tout en suçant la plaie qu'une vis mal enfoncée venait de lui ouvrir dans le creux de la main.

— Qu'est-ce qu'il veut encore ?

— Te demander en mariage, j'imagine.

Avec un soupir excédé, Alma rangea dans la malle à outils la pince qui lui servait à redresser les pièces métalliques qui ne s'emboîtaient pas. Le soleil leur tombait sur le crâne aussi droit qu'une lame qu'on enfonce dans un avocat. Jordi profita de l'interruption pour s'adosser contre le bassin dans lequel les quinze mille moutons de l'*estancia* allaient être plongés pour être débarrassés de leurs parasites. Le pas un peu traînant pour ne pas sembler trop empressée, Alma longea les bâtiments d'exploitation couverts de tuiles de bois peintes en rouge puis traversa la cour du *casco** pour rejoindre le contremaître. Il s'épongea le front puis glissa son mouchoir dans sa manche. Geste de femme, songea Alma qui connaissait pourtant la dureté et l'exigence de son supérieur.

— Est-ce que ça t'intéresse de faire un *arreo* à l'automne pour aller chercher des chevaux ?

— Si tu as besoin de moi…

— J'ai besoin de deux personnes pour faire le trajet. Tu irais avec Javier. C'est pas n'importe quels chevaux.

— Ça serait où ?

— On vous déposera au *río* Azul. C'est au nord d'El…

— Je connais, avait interrompu Alma, la bouche sèche.

— Parfait. On achète le troupeau d'un éleveur.

Il baissa brusquement la voix :

— C'est le *gaucho* qui possède l'étalon. Il a enfin vendu. On attend que ses juments aient terminé de pouliner et on descend tout le monde ici. M. Janssens veut devenir le premier éleveur de chevaux de compétition. Toutes les ambitions sont permises maintenant qu'il va avoir à demeure son meilleur reproducteur.

— Tu sais pourquoi ?

— Pourquoi quoi ?

— Pourquoi il vend ?

Le contremaître haussa les épaules.

— J'imagine que c'est parce que sa terre va bientôt se trouver sous l'eau. Ils ont fait un barrage et sa vallée va devenir un lac. Il n'a plus d'avenir là-haut, il a fini par céder. Alors, l'*arreo*, c'est bon pour toi ?

* Habitation du propriétaire de l'*estancia*.

Alma sentait son cœur heurter ses côtes et serra les lèvres pour dominer une violente envie de vomir. Avant même de se poser la question de savoir si elle était prête, vraiment prête à retourner là-bas, elle s'entendit répondre :

— Bien sûr.

Puis elle avait pris contact avec les Piñera.

Il y avait de l'argent à se faire, tant mieux, elle s'offrait une nouvelle chance, mais ce qui l'intéressait, c'était de toucher l'*estanciero* au cœur de ce qui comptait pour lui. Elle l'aurait fait même gratuitement.

Étrangement, deux jours avant le départ, Javier tomba malade de quelque chose que personne ne parvint à identifier. Il vomissait jour et nuit et son teint d'épices avait viré au vert olive. Alma assura au contremaître qu'elle saurait mener l'*arreo*, puisque le *gaucho* devait descendre avec eux. À deux, c'était suffisant.

Comme ça, les Piñera n'avaient qu'un seul type à liquider. Un connard de *gaucho* qui avait fait son beurre en vendant ses terres à la société d'exploitation du barrage. Ce n'était que justice.

VENDREDI
24 AVRIL 2015

1

5h50

La porte du bureau central s'ouvre dans un fracas métallique assourdissant. Sandra entre échevelée dans l'espace surchauffé.

— Qu'est-ce que tu fous allongé, connard, c'est dans les galeries que je te veux !

Cela fait deux nuits que Benoît passe dans le bureau d'auscultation, pour éviter de perdre son temps en allers-retours au milieu de la nuit entre sa maison et le barrage. Il dort enroulé dans son sac de couchage North Face par tranches de deux heures et demie. Quand il ne dort pas, il fait de la buée sur les verres que lui a laissés Alma pour voir se dessiner la marque de ses lèvres.

La première nuit, il a hésité, déjà abruti par le manque de sommeil. Le relevé de 2 heures du matin était honnête. Celui de 6 heures accusait une augmentation infime de la quantité d'eau dans les drains. Tellement peu qu'il a reporté les chiffres de 2 heures. Il en a transpiré d'angoisse, conscient à cet instant de la portée potentiellement dramatique de sa manœuvre. Puis l'angoisse s'est atténuée. Au petit jour, il a pris le temps de calculer au millimètre près la marge d'erreur qu'il pouvait grappiller pour atténuer l'indiscutable dégradation des constantes du géant de béton, pour les relevés du jour.

La pluie intense de la deuxième nuit a fait augmenter nettement la pression hydrodynamique tandis que, dans la galerie inférieure au pied du barrage, la pression hydrostatique continue de baisser inexorablement. Ça l'a forcé à minorer ses résultats, carrément, pour compenser ceux qu'enregistre Sandra et qui ne mentent pas. L'écart entre les deux devient difficile à avaler, il le sait.

Sandra lui envoie un coup de pied dans les genoux. Elle a les yeux injectés de sang et semble ne pas avoir dormi du tout. La panne de la Dodge lui a fichu un coup. Elle a une tête à faire peur, se ronge les ongles jusqu'au sang et ne mentionne plus l'Ingénieur. Ils sont seuls comme deux gamins oubliés sur un Zodiac en pleine mer. Les yeux encore tout embrumés, Benoît se redresse sur un coude et Sandra lui jette un seau vide avant d'éructer :

— Je les fais avec toi, les relevés. J'y crois pas, à tes chiffres. Les variations, c'est n'importe quoi. Lève-toi, ducon, tu as encore une toute petite chance que je te colle pas au cul un paquet de problèmes dont tu n'as pas idée.

Que répondre ? Benoît n'a rien relevé cette nuit. Il a passé des heures à tenter d'inventer quelque chose d'à peu près crédible pour que le décalage avec les chiffres de Sandra ne s'affiche pas de manière trop criante. Bien sûr que la déformation du barrage au fil de la montée de l'eau dans le réservoir est trop rapide. Bien sûr que la pression qui baisse à la base laisse imaginer que l'eau s'infiltre dans les fissurations des roches d'ancrage, ce qui fait naître un risque de surpression interstitielle au cœur des fondations. Il en a conscience. Il se dit aussi que les barrages récents sont de tels bijoux d'expertises conjuguées que le point de non-retour est encore loin. Il a confiance en la possibilité de redresser la situation. À chaque fois qu'il a senti la peur lui mordre les tripes, il l'a fait reculer grâce à sa foi dans les cadors qui conçoivent ce genre d'édifices. Les histoires de rupture à faire peur appartiennent à la préhistoire de la science hydrogéologique. Il est persuadé qu'il suffira d'ouvrir grand la vanne de vidange pour soulager efficacement l'édifice. Il n'a fait que grappiller un peu de temps. Dans l'obscurité du poste de contrôle, il s'est torturé l'esprit toute la nuit pour tenter d'évaluer la distance à laquelle Alma pouvait se trouver avec ses chevaux. Il a gagné tout le temps qu'il a pu. Il lâche, maintenant. Que Sandra déleste le barrage si elle le veut, il a fait son maximum. Alma est forcément sortie des gorges à présent, elle est sauve.

Il enfile son ciré, entièrement sec, ce qui le trahit, évidemment. Sandra le pousse à l'extérieur. Il fait moite et le vent souffle un air anormalement chaud pour une nuit d'automne. S'il n'avait pas été aveuglé par un déni total, Benoît aurait reconnu l'haleine chargée d'un orage carabiné. Il n'a pas non plus relevé les données de la station météo, il est comme le type qui ferme très très fort les yeux quand il se rend compte que sa voiture ne répond plus.

Les irrégularités du béton le font trébucher et il suit à grand-peine la foulée nerveuse de Sandra qui s'engouffre dans la galerie supérieure. Bien sûr que son imposture est manifeste, évidente, bien sûr que, dès qu'elle va se pencher sur la table de relevés des pendules, Sandra va hurler.

Il s'en fout.

Le cri de Sandra, gonflé de panique, lui parvient de très loin :

“Ouvre la putain de vanne de vidange ! MAINTENANT !”

Qu’il soit trop tard ou non pour éviter que le barrage ne ploie, ne se déchire par le milieu, ne s’arrache de ses fondations, n’emporte un dièdre*, ça ne lui importe plus.

Il a fait ce qu’il devait.

Il flotte, un peu groggy, et lorsque la vanne s’ouvre au pied des cent trente mètres de la voûte de béton dans un fracas assourdissant, il est tellement amorphe que les sons se mélangent.

Le premier roulement d’un coup de tonnerre s’élève, se répercute et enfle entre les parois rocheuses qui bordent le lac de retenue.

* Volume rocheux indéformable qu’on peut qualifier de bloc, sur lequel s’ancrent les fondations du barrage. Les dièdres sont constitutifs d’une fondation rocheuse courante et peuvent céder sous l’effet d’une surpression s’ils sont mal orientés.

2

9 heures

Dans le petit jour gris, les confidences échangées la nuit pèsent sur le cœur d'Alma comme un repas trop riche. Elle évite le regard de Danilo, lui tourne le dos pour rouler sa bâche.

Lorsqu'ils s'arrêtent une première fois pour écouter les annonces, elle s'arrange pour être auprès du poulain le plus affaibli. Elle connaît le message des frères Piñera. *"À tout à l'heure."* S'il fallait dévier maintenant, elle s'exposerait à la vengeance de ses associés, bien sûr, mais aussi au regard surpris de Danilo. Surpris, puis déçu, forcément, il n'est pas né de la dernière pluie. Elle ne se sent pas la force d'encaisser cette déception-là, cette chute dans l'estime d'un bonhomme à qui elle ne voulait rien devoir. Elle s'est piégée toute seule, à se laisser approcher, à se laisser toucher. Elle ne voit pas vers quoi se tourner. Si elle change ses plans, quel futur s'offre à elle ? Un avenir qu'elle s'est méticuleusement construit : un parfait cul-de-sac.

Elle ne sait plus qui elle trahit le plus.

Portée par le vent, la voix du présentateur du matin lui parvient par bribes.

Radio Bolsón 213

C'est Romeo ce matin ! Avant les annonces du campo, je vous propose un reportage dans la communauté tehuelche de Camusu Aike. Je sais qu'il intéressera certains, par ici.

[Une voix éraillée s'élève dans le haut-parleur de la radio.]

Bonjour : Waienguesh.

Terre : Tem.

Cheval : Ga'Woi.

[Les voix d'une vingtaine d'enfants répètent en chœur.]

Vous venez d'entendre la classe de l'école primaire rurale Cacique Cilcacho qui a la chance de recevoir aujourd'hui la dernière locutrice de la langue aonekko'a'ien, Dora Machado. Dora a quatre-vingt-trois ans et elle transmet autant qu'elle le peut les mots, les tournures et la prononciation de cette langue aujourd'hui pratiquement disparue. Les élèves, tous issus de la communauté tehuelche de Camusu Aike, tentent d'intégrer auprès d'elle les bases qui leur permettront de revitaliser une langue que leurs parents ont eux-mêmes oubliée. Mais combien de temps leur reste-t-il ? Avec Dora s'éteindra sans doute la dernière chance de ces descendants de natifs de récupérer un des fondements de leur identité : une langue vivante et pratiquée au quotidien. Dora, patrimoine culturel vivant de notre province, trouvera-t-elle un autre locuteur pour prendre la suite de sa mission ? Pendant longtemps on a cru que la langue continuait à se transmettre en cachette, aujourd'hui il apparaît que non. Il semblerait que plus personne ne parle couramment la langue tehuelche, malheureusement.

Et, à présent, les annonces.

Les messages se succèdent et Alma s'arrange pour ne pas les entendre. Elle fait japper les chiens, leur lance des brindilles et les encourage de la voix. Elle remplit de bruit l'espace qui l'entoure.

La question du présentateur ne cesse de résonner en elle comme un appel personnel. *Trouvera-t-on un autre locuteur pour prendre la suite ?* Elle sait bien que la réforme de la Constitution de 1994 a marqué un tournant dans la perception de l'identité native. On a moins honte, on s'enorgueillit même parfois de voir reconnue la préexistence ethnique et culturelle de sa communauté. Mais les nouvelles générations se heurtent à l'impossibilité de recevoir et de transmettre une culture et une langue qui ont été oubliées. Les pouvoirs publics ont longtemps soutenu qu'il y avait eu une transmission souterraine, non déclarée, mais aujourd'hui il semble évident qu'il n'en a rien été, et ceux qui savent encore n'ont pas toujours le désir d'élargir le cercle des initiés. Magali s'y est heurtée en son temps. Bien sûr qu'après des années à ne pratiquer que le monologue, le vocabulaire d'Alma s'est appauvri. Mais elle a gardé tout au fond d'elle ce qui fait qu'une langue vit vraiment : la syntaxe, l'intelligence des constructions, l'accentuation, tout ce que tentait de leur expliquer Magali et qui s'égrenait en mots barbares : sons pharyngés, consonnes éjectives, articulations nasales…

Est-ce que ce trésor de l'âme qu'elle a chéri et protégé fait partie de ce qui demeure en elle une fois dispersées les cendres de son désastre intérieur ? Est-ce qu'elle abrite quelque chose dont la valeur dépasse celle de sa petite personne ? Elle a fini par arriver à la conclusion qu'elle s'est gâchée elle-même, en se perdant dans des combats qui ne lui appartenaient pas et des fuites médiocres.

Elle se mord l'intérieur de la joue tout en enroulant le long fouet qui traîne dans la poussière. Et s'il n'y avait plus qu'elle, après Dora ? Et si son silence faisait une différence ? Son silence ou sa parole…

Le sentiment qu'elle puisse *compter* lui brouille la vue de mille points lumineux qui s'évanouissent avant qu'elle cligne des paupières.

— Alma, en selle, la mule s'impatiente ! s'écrie Danilo qui ne l'a pas attendue pour charger de nouveau la bête efflanquée et pour éteindre le feu.

Elle lève le bras de loin pour signifier qu'elle a compris, siffle les chiens qui, au fil des jours, ont fini par accepter les quelques ordres qu'elle leur lance parfois, et se hisse sur son hongre après avoir resserré les sous-ventrières. Elle aime l'odeur de sueur qui imprègne les sangles en tissu et qui se mêle au suint des peaux de mouton. Elle aime l'haleine de tisane de son cheval quand il relève la tête et lui souffle dans le visage. Elle s'y noie pour ne pas avoir à réfléchir aux choix qui s'offrent à elle, qui tous la meurtrissent et lui renvoient une image d'elle qui lui fait honte. Elle rêve d'une intervention extérieure, divine, humaine, qu'importe, qui l'exonère de trancher dans le vif.

Même l'image du fils qui attend là-haut de savoir s'il est devenu un proscrit la torture. Elle, qui s'était blindée contre toute empathie, se redécouvre perméable et elle se donnerait des claques d'avoir baissé la garde. Devenir indispensable au monde et à l'histoire de son peuple signerait l'échec de sa politique de la terre brûlée. Mais qui parle encore cette foutue langue, à part Dora et elle ? Qui peut devenir la braise qui ranime le feu ? Et si d'autres braises couvent ailleurs, qui peut les unir et les faire se reconnaître les unes les autres comme les tisons d'un même feu, les affluents d'un même torrent... Elle en a mal au crâne, de cette ébullition cérébrale, elle qui avait soigneusement anesthésié toute réflexion à long terme.

Quelle ironie de découvrir qu'elle est indispensable alors qu'elle a enclenché la minuterie de son nouvel exode, de son nouvel effacement, et que rien, surtout pas elle, ne peut arrêter quoi que ce soit.

La file des chevaux se met en branle, l'étalon essaie de chiquer la croupe de la jument de tête pour lui passer devant. Mais Danilo veille. Dans une trentaine de mètres, ils amorceront la descente de l'autre côté de la colline, là où le *río* fait sa dernière boucle avant de filer se jeter dans les eaux topaze du lac Puelo.

Là aussi où, derrière un rideau de peupliers, le camion des Piñera attend en embuscade que les chevaux et leurs convoyeurs passent à portée de carabine.

Avant d'amorcer la descente, Alma se tourne vers la vallée qu'ils ont traversée, la crête des monts derrière lesquels coule l'amont du *río*, les pics de la Cordillère qui retiennent entre leurs crocs une lourde frange de nuages au ventre noir.

3

7h30

Figés devant les extensomètres dont les mesures ne cessent d'augmenter, les deux ingénieurs se tiennent au coude à coude. Rien ne semble pouvoir arrêter l'inexorable dégradation du barrage. Sous la pression de l'eau qui continue de s'accumuler dans le lac de rétention, l'édifice s'incurve, la voûte pousse de tout son poids sur les points d'ancrage dans la montagne et Benoît imagine que les microfissures qui parcourent les fondations se font brèches, que les bords des plaies qui fendillent le béton s'écartent, que l'eau s'y engouffre comme le sang se rue dans une coupure trop profonde.

La voix blanche, Sandra lui murmure :

— La vanne de vidange, tu l'as ouverte au max ?

Il n'a même pas le cœur à lui répondre. Il a ouvert en grand, bien sûr, il a même déclenché la sirène d'alerte dérisoire qui résonne dans les gorges, couverte par le fracas du vent et du tonnerre.

À ce moment précis, il prend conscience de l'énormité de sa faute, de l'impact dramatique de ces petits arrangements avec la réalité du terrain. Il voit se dessiner l'étendue de sa responsabilité et il s'effondre lentement de l'intérieur. Il a perdu les pédales. Il s'est monté la tête, avec cette nana.

Il n'y a plus qu'à espérer que l'eau cesse de dévaler des pentes des montagnes qui ceignent le lac, il n'y a plus qu'à prier peut-être, pour que la fureur des éléments s'apaise. Que la vidange soit efficace et que le barrage tienne le choc, que l'élasticité formidable de l'édifice absorbe la poussée trop rude de l'eau, que par une rétractation d'une puissance inouïe, l'ensemble retrouve la position et l'étanchéité des semaines précédentes, comme si rien ne s'était passé. À partir de quand, exactement, le retour en arrière devient-il impossible ? Il essaie de forcer sa mémoire à se rappeler les fameux points de non-retour, ceux au-delà desquels l'espérance devient de l'imbécillité. Les chiffres dansent et lui échappent, il ne sait plus.

Dans la galerie inférieure, l'eau se met à monter dans les drains qui commencent à déborder sur le sol. Benoît n'a pas enfilé ses bottes, ses vieilles Vans font éponge. Sandra le pousse avec rudesse et s'engage en courant dans les escaliers qui montent à la galerie supérieure. Il la suit dans les couloirs suintants, ne sait pas si l'accélération du mouvement marque une amélioration de la situation ou non. Elle a peut-être une idée géniale ? Dans la galerie supérieure, on entend de loin le roulement du tonnerre et le sifflement du vent, comme à travers un mur de ouate. Dès qu'il sort, Benoît retrouve le déchaînement qui n'a pas cessé pendant qu'ils étaient enfouis dans leur cocon bétonné.

Il la rejoint dans le bureau, le front moite et les poumons en feu. Avec le fracas de l'eau tombant du ciel par paquets, on n'entend même pas les flots bouillonnants qui jaillissent de la vanne de vidange cent trente mètres plus bas. L'eau écume au pied du barrage et engloutit la piste qui les relie au monde.

on est obligés de crier. Mais Sandra n'a plus de voix et lui, Benoît, n'a pas envie d'émettre le moindre son. Il est hypnotisé par la cote qui grimpe alors que la vanne évacue quarante mètres cubes par seconde. C'est impensable.

Repoussant d'un revers de bras la paperasse qui couvre le bureau, Sandra empoigne un stylo et se met à griffonner à toute allure, tout en marmonnant.

— L'orage nous envoie du dix millimètres par heure, voire plus, c'est la merde, la merde…

Elle aligne les chiffres, pose des multiplications illisibles et s'arrache des lambeaux de peau de chaque côté des ongles.

— Surface du lac de retenue, mille deux cents hectares, plus la surface du bassin versant, avec une prévision de dix millimètres de précipitations sur une heure, ça nous fait par seconde… plus que quarante mètres cubes… plus que notre capacité de vidange…

Elle repose son crayon et se mord la lèvre.

— C'est pour ça que l'eau continue de monter. C'est sous-dimensionné, on l'avait déjà évoqué au moment des plans, mais il n'y a jamais d'orage en Patagonie. Jamais. Les pluies décennales, c'est sur le versant Pacifique qu'elles tombent, côté Chili… Y a plus qu'à espérer que ça ne dure pas.

Comme déconnecté de tout, Benoît s'abîme dans la contemplation des éclairs fulgurants qui illuminent les versants opposés du mont Pewen et du mont Ga'woi. Le bruit est assourdissant, presque continu, les échos se mêlent aux nouveaux grondements qui n'en finissent pas de s'amplifier. Le claquement sec de la foudre qui se plante dans la roche, il trouve ça beau. Dévastateur. Terrorisant. Spectaculaire, surtout.

Tous les deux retiennent leur souffle dans leur petite bulle de béton et de verre, accrochés à la paroi du barrage, giflés par la violence des éléments.

Livide, Sandra s'approche de lui, et dans un souffle de voix lui glisse :

— Tu nous as bien foutus dans la merde…

C'est alors qu'un léger choc ébranle le sol et les murs du bureau.

Un frissonnement étrange saisit toute la structure du poste de contrôle.

Le cadre des baies vitrées, très doucement, comme au ralenti, se déforme.

Sous la torsion, les immenses panneaux de verre se fendent et explosent en petits morceaux étoilés. Benoît est bombardé de fragments coupants et criblé d'eau cinglante.

L'orage entier s'engouffre dans la pièce.

La voix altérée par la panique, Sandra lui hurle à l'oreille :

— Dehors !

Le vent les cloue au sol, la pluie les hache.

Les semelles lisses de ses Vans glissent sur la roche luisante et Benoît tombe, front contre terre. Sandra disparaît dans la nuit, il décolle le visage du sol spongieux juste à temps pour la voir gravir à toute vitesse la piste qui escalade le flanc du mont Pewen. Pourquoi tourne-t-elle le dos à la ville en contrebas ?

Il peine à se relever. Sous ses paumes écorchées, le sol gémit et tremble.

Dans une longue plainte, le barrage cède.

Une déchirure monumentale s'ouvre en partant du point d'ancrage nord.

Un pan entier s'arrache de la montagne et emporte au fond des gorges tout l'ancrage de la voûte.

Dans un vrombissement de mort, l'eau surgit par l'ouverture en une cataracte continue qui explose cent trente mètres plus bas.

Une déferlante balaie les débris du barrage qui ne retiennent plus rien et, dans un grondement qui monte des enfers, le lac de retenue se rue tout entier dans l'étroitesse des gorges.

L'eau furieuse cherche son chemin, se fracasse sur la roche, gicle d'un bord à l'autre de la cluse et retombe en une grande gifle d'air criblé de gouttelettes acérées.

Le passage une fois ouvert, la vague se forme.

Une lame monstrueuse qui s'élève au pied du barrage, déforme le *río*, le fait gondoler comme un ruban de plastique exposé au feu.

Soixante-dix mètres d'eau dressés à la verticale engloutissent les arbres agrippés à la roche, les arrachent et les broient dans un grand mouvement de mâchoires.

Dans une brutale aspiration, l'eau happe le petit ingénieur qui n'a pas su s'éloigner à temps.

Lorsqu'elle a fini d'enfler et de se hausser, la vague s'enroule sur elle-même et démarre sa course meurtrière. Elle tourne comme une bobine qui n'en finit pas de tirer du fil, se meut lentement, à peine aussi vite qu'un cheval qui galope, mais rien ne l'arrête.

Elle engloutit sans se hâter les troncs, les blocs de roches qui se détachent sous sa poussée phénoménale, les plaques d'herbe dure, le calcaire de la piste, la boue du fond du torrent, les arbres secs aux racines fichées dans le basalte, presque nonchalante alors qu'elle est implacable. La pente qui descend jusqu'au lac Puelo fait office de rampe de lancement, la vague amplifie ses forces et se bombe pour déferler dans l'espace ouvert de la vallée qui abrite El Bolsón. Elle progresse comme une avalanche dans son couloir, lente et sûre. Elle est plus dense que le bronze, plus puissante que n'importe quel brasier. C'est un démon vorace qui se goinfre de tout ce qui vit et n'en laisse que l'os nu. Elle absorbe même le son.

Un kilomètre en aval, il règne encore dans le matin gris un silence de mort.

4

15h30

Le dôme pelé de la colline que couronne la route Currumahuida laisse place à un couvert d'arbres aux feuilles vernissées et d'arbustes épineux courbés d'ouest en est par la force du vent. Danilo ne devine pas encore les maisons d'El Hoyo, il goûte pour le moment la caresse du soleil qui vient lui chauffer l'épaule. Derrière lui, il sent la tension d'Alma. Il espère pour elle qu'elle va choisir d'arrêter de foncer dans le mur. Depuis le temps qu'il analyse en solitaire les annonces du *campo*, il a bien fini par identifier celles qui sont de sombres présages.

Au pied de la colline qu'ils descendent, il aperçoit la boucle large du *río* lové dans le fond de la vallée. L'eau lui semble singulièrement haute, les bancs de sable sont immergés et les rives sont floues. Le dessin géométrique des champs et de la zone humide préservée remplace peu à peu le fouillis du taillis que leur piste traverse. Au gré des trouées, il tente de balayer l'espace de son regard de rapace. Il sait. Quelque part. Il n'est pas capable de dater précisément le moment où il a compris, mais depuis le début ou presque, il désire qu'Alma se ravise. Pas pour lui, pas pour l'*estancia* qui l'attend, pas même pour l'étalon qui est sa seule richesse mais aussi sa seule fierté, finalement. Si, un peu pour lui, il le reconnaît, parce qu'il a au fond ce désir de compter dans la trajectoire de quelqu'un.

Là. Il l'aperçoit en contrebas, près du pont qui traverse le *río* et permet de rejoindre El Hoyo puis la route 40. Un camion rouge rutilant, pas particulièrement discret, auprès duquel deux silhouettes se tiennent en alerte.

Dans deux cents mètres, lui et Alma seront à découvert et à portée de tir. Danilo se doute qu'il ne fait pas partie du plan de reconversion d'Alma. Sa seule chance, c'est de glisser de sa jument au premier tir pour endormir leur méfiance et les forcer à venir l'achever. Il espère qu'ils seront alors à portée de *facón*. Il n'a rien d'autre. Si seulement Alma décidait de rebrousser chemin. Il veut lui laisser cette chance de faire un choix qui la sauve, pour une fois dans sa vie cabossée. Mais alors qu'il s'apprête à sortir du taillis pour se présenter sans aucune protection à la vue des deux types, il se tourne vers elle et il comprend.

Ceux qui n'ont pas reçu assez ne peuvent pas avoir conscience de leur propre valeur. Il comprend que le chemin est long avant que le torrent dévie son cours. Qu'Alma n'a tout simplement pas la ressource intérieure pour faire machine arrière, pour assumer l'erreur dans laquelle elle s'est entêtée si longtemps, pour renier les choix dévastateurs qui ont été les siens. Il en faut, de l'estime envers soi, pour reconnaître qu'on s'est trompé si complètement, si lourdement, et croire au fond qu'on peut encore redresser la barre. Et il faut s'aimer un peu, pour viser plus grand et plus haut pour soi… Alma n'a pas ces armes-là. Elle n'a su jusque-là que se laisser entraîner le long de la pente, parce que concourir à sa propre perte lui était plus facile et plus simple que de construire quelque chose de bon pour elle. Il réalise que c'est peut-être à lui, Danilo, de prendre le risque d'interférer, pour une fois. De devenir le rocher qui freine la chute. D'être là pour quelqu'un, au bon moment. Il ouvre la bouche, sans la regarder :

— Tu es sûre que c'est ce que tu veux ?

Dans son dos, il entend le bruit mat que produit un sabot qui bute sur le sol. Alma ne répond pas, mais il sent que son cheval ralentit, comme s'il percevait la tension de ce frein intérieur qu'elle ne parvient pas à actionner.

— Si tu fais affaire avec ces types, ça ne finira jamais. L'errance. L'oreille aux aguets. Et finalement, le néant.

La monture d'Alma renâcle, son pas se fait traînant et le cheval, lentement, s'arrête, comme un projectile termine de rouler quand l'énergie de départ s'est épuisée. Dans un murmure à peine perceptible, Alma dit :

— C'est trop dur. Je n'ai plus la force d'aspirer à autre chose.

D'une torsion du buste, il se retourne et pose sur elle son œil mi-clos. Elle se tient en arrière, les pieds enfoncés dans les étriers, une posture de jeune troufion qui voit s'approcher le moment de l'assaut.

Dans sa main, il forme une boucle avec la longe de la mule qui porte les dernières provisions, mais aussi toute son humble fortune, et il la lui tend.

— Il y a de quoi voir venir. Prends. Et va-t'en. Tu peux mieux. Tu vaux mieux.

D'un geste du pouce, Danilo agite la boucle de corde, comme il ferait jouer un appât, il étire le bras pour qu'Alma n'ait presque pas à se pencher pour la prendre. Il veut faciliter le geste, il veut combler pour elle l'abîme qu'elle a tant de mal à franchir, mais il n'ira pas jusqu'à lui saisir la main pour la forcer à attraper la longe. Elle doit décider, elle. Le temps s'écoule et Danilo sait que chaque seconde supplémentaire d'immobilité les rend suspects aux yeux de ceux qui les surveillent, en contrebas. Ses muscles contractés commencent à se crisper. Il serre la mâchoire pour ne pas fléchir le bras et murmure entre ses molaires :

— Allez… allez…

Dans la voix d'Alma, il n'y a plus ni morgue, ni amertume :

— Tu y crois plus que moi, *che*.

Alma a la lèvre qui tremble, capituler lui coûte. Lentement, elle desserre la main droite, lâche sa bride, puis écarte les doigts. Au fond de sa paume, Danilo reconnaît la brûlure du lasso qui date du jour des sables mouvants. Sur les bords de la croûte brune qui se fendille, la peau nouvelle commence à apparaître. Rose. Fragile et, pourtant, cicatrisée. Du coin de l'œil, Danilo perçoit un mouvement près du camion rouge. Ça s'impatiente en bas. Alma saisit enfin la boucle de corde et, alors qu'elle ouvre la bouche, Danilo l'interrompt :

— C'est pour moi que je le fais. Qui va prévenir Eliseo, sinon ?

Il voudrait ajouter qu'elle a bien fait, qu'elle a eu du courage de se laisser toucher, que tout ira mieux maintenant. Il aimerait qu'elle dise "Je pars", qu'elle parle de l'avenir qu'elle imagine. Tant pis. Le demi-sourire qu'Alma lui adresse avant de tourner la bride suffit.

Il se détourne et enfonce ses talons dans les flancs de sa jument pour rejoindre les derniers poulains qui disparaissent dans la pente. Il a le cœur plein et la vue trouble.

Au premier coup de feu, il s'affaisse sur le côté et tombe lourdement dans le tapis de graminées qui s'écrase sous son poids.

Alors qu'il attend, couché, le coup suivant, il voit du coin de l'œil l'eau bleue du *río* se soulever et remonter vers le ciel en une vague énorme et brune. C'est un mur de boue de vingt mètres de haut qui s'avance dans le lit du torrent, contraint par la pente de la colline sur laquelle remonte Alma. L'eau bourbeuse avance à la vitesse d'un cheval qui a pris le mors aux dents et charrie des monceaux de roches, troncs d'arbres, débris métalliques, plaques entières de terre encore enherbée. De là où il se trouve, Danilo ne sait pas s'il est suffisamment en hauteur pour échapper à l'appétit vorace de l'eau ensauvagée qui gronde plus fort que le tonnerre en altitude. Au pied du pont, les deux silhouettes ont à peine le temps de tenter de gagner de la hauteur en s'élançant sur la piste à la rencontre des chevaux. Ils sont balayés sans que la vague ne change un iota à sa course têtue. Le camion rouge est cueilli et aspiré au fond.

Les chevaux et les chiens sont fauchés dans leur course affolée, les jambes coupées par le courant. Danilo ferme les yeux et ne sait pas ce qu'il espère pour lui-même.

Il sait qu'au sommet de la colline, Alma est hors de portée.

Il inspire une dernière fois le parfum du *campo*, l'odeur sèche de la terre, le parfum anisé des herbes dures, le cuir de son lasso chauffé sur sa cuisse, la laine humide de son béret marine.

ÉPILOGUE

La lumière d'après orage saisit Markus Brenner sur le pas de la porte. Il chancelle et se raccroche à la poignée. Depuis quand n'a-t-il pas respiré d'air frais ? La rue de terre est gorgée d'eau, il va se crotter les pieds. Aucune idée du temps qu'il a passé dans cette baraque, allongé à même le sol, à respirer des vapeurs bizarres. Il se sent complètement sonné. Quand il s'est réveillé ce matin, il n'y avait personne. Pourtant il n'a pas été seul tout le temps, il a le souvenir nébuleux d'un visage de femme penché sur lui tandis qu'il naviguait entre deux eaux.

Devant lui passent trois chiens efflanqués qui s'arrêtent, reniflent le bas de son poncho, puis continuent leur route vers quelque poubelle à visiter. Il dégage une odeur pestilentielle. Où se trouve sa moto ? Impossible de savoir si le pompiste la lui a conservée ou si elle parcourt la route 40 entre les cuisses de quelqu'un d'autre. Il a été bien sot de chercher à intervenir dans ce duel de sauvages qui empestent l'ail et la sueur. Qu'ils s'entretuent si ça leur chante. Le côté lui tire et il grimace en palpant son flanc à travers le tissu de sa chemise. Ça a probablement été recousu n'importe comment, mais peut-on s'attendre à autre chose dans ces trous oubliés de Dieu. Désert médical bien compréhensible. Comme pour appuyer son opinion du lieu, cinq types hagards traversent devant lui, un ballot grisâtre sur le dos. Juste après eux, une femme d'une cinquantaine d'années s'avance vers la maison en poussant une brouette dans laquelle repose une carcasse de mouton sanguinolente. Les mouches s'en donnent à cœur joie et Markus se sent le cœur au bord des lèvres.

— Ah, il est réveillé, le monsieur ! s'exclame la bonne femme qui s'arrête devant l'entrée et s'essuie le front. Il va pouvoir m'aider à accrocher le mouton. Le crochet est à l'arrière, côté jardin.

Avec un mouvement de recul, Markus se défausse. La femme éclate de rire.

— Ça fait son délicat, je vois. Pousse-toi alors, j'ai du monde à manger. Mes frères ont tout perdu avec la crue. Bêtes, camion, luzerne, tout. C'est quoi ton nom ?

— Brenner. Markus Brenner.

Il s'écarte pour la laisser entrer dans la maison avec sa brouette.

— T'es hollandais ?

— Allemand. Munich.

— Bon bah, j'espère qu'avec tout ça t'as pas raté ton vol retour. Je t'ai soigné cinq jours, quand même.

Cinq jours ?

— Je n'ai pas de vol retour, je travaille pas loin.

Avec un "han" de cantonnier, la femme soulève la carcasse en la saisissant par-dessous les aisselles ou ce qui s'en approche, pour un mouton, puis la hisse jusqu'à un crochet de boucher fixé à la poutre de l'auvent. Elle s'essuie les mains sur le côté des cuisses et hoche la tête d'un air content.

— Chasse privée ? Hôtellerie ?

— Je suis ingénieur hydro. Ingénieur en chef.

Radio Bolsón 213

C'est Romeo avec vous aujourd'hui, heureux de vous retrouver pour les annonces, de 13 h 30 à 14 h 30. Je passe avec vous une heure pour faire circuler vos messages à travers le campo*, d'El Bolsón à Esquel.*

"Aux frères Piñera : l'estanciero de Valdivia attend son colis, il n'est pas content du retard."

"Manuela Guttierez remercie Raúl pour l'argent et partage avec tous les habitants du campo *sa joie d'être enfin devenue Mme Martinez."*

"Esperanza annonce à Jorge qu'il va payer cher le rendez-vous manqué au cabinet du docteur Diaz, boulevard Roca. Elle lui souhaite une rage de dents du diable."

"À Eliseo, le fils du Manso, on a retrouvé la trace de l'étranger, il va très bien, tu peux redescendre. Pour avoir des informations sur ton père, tu peux joindre Alma, à la Fondation Wenai sh e pekk à Río Gallegos."*

Wenai sh e pekk : Je suis là

* Fondation Wenai sh e pekk.
En voie de création à l'heure où ce roman s'écrivait, elle a pour mission de consolider et élargir l'usage de l'aonekko en fédérant les natifs tehuelches liés ou non à une communauté officielle. La standardisation de la langue pour l'écrit est un grand pas pour la transmission, franchi en 2021 avec la publication d'un livre réalisé par les descendants tehuelches pour les descendants tehuelches. Si le projet vous intéresse, il est possible de faire un don !
https://www.facebook.com/Wenaishepekk/

REMERCIEMENTS

Ce livre n'aurait jamais vu le jour si je n'étais pas tombée, il y a plus de vingt ans, sur le documentaire *Le Rêve de Gabriel*, réalisé par Anne Lévy-Morelle, qui me fit jurer de ne jamais mettre les pieds dans un endroit aussi désolé, solitaire, venteux et pluvieux que la Patagonie. Ce serment avec moi-même était inconnu de mon mari, qui, pour nos dix ans de mariage, m'a organisé un voyage surprise en… Patagonie.

À notre retour, de multiples clins d'œil du destin me poussèrent à la conclusion que j'avais une histoire à écrire.

Dans cette entreprise, nombreux sont ceux qui m'ont aidée et je dois remercier infiniment ceux que j'appelle mon "conseil scientifique" :

– Coline Jouan et Camille Von Lowis qui m'ont présenté des spécialistes en hydroélectrique : Martin Descours qui m'a initiée et les merveilleuses Sarah Bouassida et Marine Bernicot. Je les remercie pour ces heures passées en visio, pour leur lecture et leurs corrections. Merci d'avoir lu et corrigé ma première version !

– Emmanuel Aubé, mon expert *gaucho*, pour avoir fouillé dans ses archives et m'avoir raconté son *arreo* et sa vie de *peón* pendant des heures. Ses photos et son récit de sables mouvants ont infusé tout le long de l'écriture !

– Delphine Groues, amoureuse de la Patagonie, qui a été l'un des déclencheurs de l'écriture de ce roman et a consacré un temps précieux à me donner des clés.

– Son Altesse royale Frédéric Luz, prince de Patagonie et d'Araucanie, qui a répondu à mes questions et m'a présenté quelqu'un de très précieux.

– Magali Authosserre, ce "quelqu'un de très précieux", guide franco-tehuelche sur le glacier Perito Moreno, qui a passé des heures et des heures à me raconter la culture argentine, l'histoire des natifs et de la langue aonekko, les ressorts sociaux qui gouvernent la vie du *campo* et mille autres détails passionnants.

Comment ne pas remercier aussi ma mère, première lectrice, Élisabeth Segard et Philippe de Laforcade qui ont eux aussi lu la première version et m'ont torturée à coups de commentaires en marge.

Aux libraires qui me reçoivent toujours avec gentillesse et générosité.

Aux Louves du polar, ce collectif d'autrices du noir qui œuvre pour la mise en valeur de la production des autrices francophones de romans noirs, thrillers, polars.

À mes talentueuses amies et sœurs du polar : Chrystel Duchamp, Cécile Cabanac, Céline Denjean, Céline de Roany, Marlène Charine, Sonja Delzongle, ainsi qu'à nos copains de la famille du polar.

À mon agent, Lilas Seewald, de l'agence littéraire #lavraievie, qui met des paillettes dans ma vie d'autrice. Je réalise grâce à elle un rêve de toujours.

À l'équipe éditoriale d'Actes Sud qui a accueilli ce texte avec enthousiasme. Un remerciement particulier à David Gressot pour son regard plein de finesse qui a permis à mes personnages de gagner en humanité. On ne dira jamais assez combien un roman doit au travail conjoint de l'auteur et de son éditeur.

À mon mari, le seul, le merveilleux, qui gère sans sourciller nos quatre enfants alors que je cours les librairies et les salons (et en plus il est beau).

SOURCES

Voici une sélection des ouvrages, articles, thèses et films qui m'ont guidée dans l'écriture de ce roman :

DOCUMENTAIRES & FILMS

La Folie des hommes, de Renzo Martinelli, 2001.

Le Rêve de Gabriel, d'Anne Lévy-Morelle, 1997.

Arreo, de Tato Moreno, 2015, une merveille accessible sur YouTube.

BIBLIOGRAPHIE

"Etnografía de los confines : Andanzas" d'Anne Chapman, 2008.

"Actitudes y representaciones entre los Tehuelches o aonek'enk acerca de la extinción de su lengua y la pérdida de elementos culturales", d'Ana Fernández Garay, 2008.

"Les autochtones invisibles, ou Comment l'Argentine s'est « blanchie »" de Sabine Kradolfer, 2008.

Pionnier en Patagonie, de Miguel de Larminat, Privat, 2007.

Patagonie, les derniers gauchos, de Nick Reding, Albin Michel, 2005.

"Patagonie : on a partagé le quotidien des cavaliers gauchos en Terre de Feu chilienne", article de Camille Uppsala paru en 2018 sur Geo.fr.

OUVRAGE RÉALISÉ
PAR L'ATELIER GRAPHIQUE ACTES SUD
ACHEVÉ D'IMPRIMER
SUR ROTO-PAGE
EN MARS 2025
PAR L'IMPRIMERIE FLOCH
À MAYENNE
POUR LE COMPTE DES ÉDITIONS
ACTES SUD
LE MÉJAN
PLACE NINA-BERBEROVA
13200 ARLES

DÉPÔT LÉGAL
1re ÉDITION : AVRIL 2025
N° impr. : 106574
(Imprimé en France)